亡者低语

WANGZHE
DIYU

著

北京联合出版公司
Beijing United Publishing Co.,Ltd.

那多（男一号）

　　晨星报社记者，强烈的好奇心和对任何事物的怀疑态度，以及记者的身份，使他常常接触到这个世界被隐藏起来的另一面。平心而论，称他为冒险家比记者更合适。

梁应物（男二号）

　　那多的好友，双重身份。表面上是某大学的教师，事实上是位具有哈佛生命科学博士与斯坦福核物理硕士学位、为神秘机构 X 工作的研究员。为人严肃而极具理性精神，尽管是那多的好友，却从不因公废私。

何夕（《亡者永生》）

　　兼具美貌与智慧的荷兰籍华人，范氏病毒的权威研究人员。在《亡者永生》里，她被病毒感染，体内形成了具有自我意识的太岁。那多深爱着的女人。

路云（《凶心人》）

在《凶心人》中以一名大学生的身份登场，实为中国神秘幻术一脉的当代传承者。幻术大成之后，她具有惊人的美貌，但这份美貌的真实成分有多少，永远不会有人知道。

水笙（《变形人》）

听起来像是鲁迅小说里人物的名字，其实却暗示了其非同一般的身份。在《变形人》里，为了爱情，他忍受了十数年痛苦的陆上生活，最终如愿以偿转变成人类，和苏迎在地球的某个角落幸福地生活在一起。

苏迎（《变形人》）

与她接触越多，谜团越多的女子，到底是她精神分裂，还是其言确有其事？

叶瞳（《坏种子》）

某机关报社的美女记者，具有比那多更强烈的好奇心，这让她往往对一些事情做出过于夸张的猜想。其出身颇为神秘，在《坏种子》的故事中有更详细的描述。

夏侯婴（《幽灵旗》）

三国时期夏侯家族的后裔，懂得曹操墓中暗示符。在《幽灵旗》中曾被暗世界的D爵士邀请参加在尼泊尔举行的非常人类的聚会（即非人协会），在那里遇到了已经中了暗示的那多并成功将其救治。在《暗影38万》中受海盗王之子郑余的邀请上羿岛基地，为那些具有意念移物这项超能力的人做自信的心理暗示。

卫先（《幽灵旗》）

出身盗墓世家，行走在地下世界的历史见证者。在《幽灵旗》中，为夺"天下第一"的称号不惜铤而走险，最终死于曹操墓中的暗示里。

卫后（《神的密码》）

出身盗墓世家，行走在地下世界的历史见证者，卫先的胞弟。被称为"盗墓之王"卫不回之后年轻一代中最具才华天分的盗墓者。

六耳（《返祖》）

原名游宏，同那多一起游玩于福建顺昌时被导游起名"六耳猕猴"。机缘之下，出现返祖现象，全身长毛，毛发可随心所欲地变幻出各种形态，有如齐天大圣的七十二变。

X机构

一个不为世人所知的属于官方的庞大地下机构，专门调查和研究一切大众认知以外的事件。其成员大多是一流的科技精英，也集中了一些传承古老中国的神秘势力。总之，关于这个机构，我们不了解的永远比了解的多。

注：人物后面的作品名为该人物首次出场亮相的作品。

目录

我愿意花这么大的力气写下十几万字，也有另一层不太愿意提及的意图：当某天我因为某种原因突然消失后，好有别人知道，在我身上曾发生过的这许多事情。

书橱第二排上有一个大玻璃罐子，我盯着它多看了几眼。玻璃罐里的无色液体是福尔马林，泡着的褐色物就是民间俗称的"太岁"。

而今的生物学家对它研究不多，但我知道太岁究竟是什么东西。

科学的最前沿对常人而言，往往与妄想无异，但关于平行世界……这个世界离奇到像在看科幻小说，但无论如何，我明白刚才的这一闪念只是错觉。

人毕竟是社会动物，时至今天，哪怕是穷凶极恶的杀人犯，没经过专业训练，真能在原野上生存下去？但对江文生来说，这些不成立，因为他已经不是人了。

他们的神情姿态忽地变了，等我说出自行车地道的名字时，那个一直睡着的汉子一骨碌跳了起来，而原本站着的汉子"啊"地大声惊叫，竟拔腿就跑，头也不回地奔进雨里。

梁应物向我做了个压低声音的手势。X 机构的存在对公众来说是个秘密，他们内部肯定有类似禁止在公共场合谈论的条例，至少要屏蔽敏感词。

仿佛有电流在脊背上蔓延，我忍不住身体向后微微一仰，下意识要离林杰远一点。

"是的，但这段经历并不在我的记忆里，也就是说，我的记忆是被篡改过的。我所写的那份报告都是基于我被篡改过的记忆。"

目录

目录

出事那天，她随身带着一份遗书。即便没有崔强的袭击，她也不打算活着回来，挖出地下的白骨后，她计划当场自尽。

那一天，我、梁应物、何夕聚在一起，谈起智蚁科技的恶行。梁应物叹息着说："能毁灭人类的只有人类啊。"

何夕却冷冷地说："你发挥过头了，这个世界上，能毁灭人类的东西，太多太多。"

亡者低语

. .

序

本来是没有这个序的。

一切了结之后，我用半自传的方式写下这些文字，把遭遇的事情厘清脉络。我愿意花这么大的力气写下十几万字，也有另一层不太愿意提及的意图：当某天我因为某种原因突然消失后，好有别人知道，在我身上曾发生过的这许多事情。

真的会突然消失吗？谁知道呢，事情总有万一。如果愿意，你们读到这儿的时候，可以打电话到上海晨星报社，看看还有没有一个叫那多的记者活着。

既然是根据回忆写就，我便总是按照事情的发展按部就班地叙述。这并没有问题，但写完这篇手记之后，我重读一遍，发现如果是不了解我于2005年经历的太岁事件的阅读者，会有

摸不着头脑的感觉。所以我加了这一小段，作为背景补充。

当年的事情，是这样的：

起于一场急性传染病，发病的小区被严密隔离，禁止进出。这种罕见的病叫范氏症，表现为患者内脏器官急速膨胀，直到挤爆患者身体，死亡率百分之百。这种病本来只有蟾蜍才会得，病毒变异后危及人类。一直研究此病的海勒国际派出医疗小组，帮助上海市政府控制疫情。

当时我是唯一被允许进入小区的记者，与医疗小组也有很多接触。之后发生了一系列事情，我爱上了医疗小组的成员何夕，也发现范氏症的本质是内脏被激活，试图离开宿主，获得属于自己的真正生命。极少数内脏在破体而出之后，可以成功保持顽强的生命力，变成俗称的"太岁"。

通常太岁的生命力虽然让人咋舌，但并不会有智力，只是，当一个由人的大脑突变成的太岁出现时，一切都不一样了。这个脑太岁希望所有的人类都染上范氏症病毒死去，这样它就会有更多的同类，不再孤单。散播病毒的最后关头，脑太岁依附控制的傀儡被击毙，但脑太岁并没有死，留书"等待亡者归来"六个字后，逃之天天。

在那之后的许多年，我从来没有听到过脑太岁的消息。

直到……

楔 子

百余名遭上海钓鱼执法车主要求退还罚款

上海浦东新区政府承认孙中界的确是被"钓鱼"后，众多被"钓鱼"车主大受鼓舞。昨日，100多名中招者聚集在原南汇区城市管理交通行政执法大队，要求还车或退回罚款。

昨日上午9时许，曾被"钓鱼"的车主陆续赶到原南汇区城市交通行政执法大队，要求见大队负责人，门卫以负责人不在为由，不让车主入内。大门外，人越聚越多，最多时达到100多人。与此同时，身穿保安服和警服的人也越来越多，有几十人。

…………

2009年10月28日　武汉晚报

这个世界和你所知的不同。

我在深夜醒来，身上是腻腻的汗。

黑暗里睁眼看了会儿，手撑着半坐起来，觉得全身酸软，没有一点力气。

通常我的睡眠都很好，沾了枕头就着，一觉到天亮，如果没人打扰，甚至可以一直睡到中午。小时候看动画片，主人公希曼，有豹的速度、熊的力量，我想我拥有的能力是猪的睡眠。

可偶尔也有像现在这样的时候。

不一定是做了什么噩梦，只是突然地醒来，然后短时间内无法入眠。

我知道，这是一路走来，留下的痕迹。在身体里，在魂灵深处。那些经历的诡异事件，这世界的零星真面目，一桩桩、一件件叠起来。我曾以为天大的事过了就过了，惊涛骇浪全化为事后谈资，但不是，它们的影响一直都在。

这就是知道真相的代价吧。

我打开床灯，下床，走到书橱前。床灯发着亮黄色的光，但毕竟只是台灯，照到书橱的时候，已经黯淡了，阴影处处。

书橱里没有书，放着的是这些年来的收藏。我不愿把这些藏品放在客厅里，因为它们有点特殊。

比如放在最上层的一把青铜酒壶和两个青铜杯。这酒器造型高古，汉时式样。实际上，它还真是东汉末的东西，曾是曹操的酒具。或许曹孟德吟唱着"对酒当歌，人生几何？譬如朝露，去日苦多"的时候，就把着此盏。这是"幽灵旗"事件后，我从充满了自杀暗示符号的曹操墓里生还时顺手取的纪念品。当时从墓里出来的另两人，一个取了《孟德心书》，一个取了一卷竹简、一柄千年未锈的长剑、一盏黄玉酒壶。

青铜酒具旁，放着一截锈迹斑斑的铁管子。看起来这管子一点都不出奇，其实它并不是人工制品。这是我从青海德令哈市白公山山脚捡回来的，一株金属植物的小段支节。当时它的"母体"曾令所有知情者震恐，担心其对金属分子的富集力增加下去，会危及整个人类的生存。一场核爆过后，母体钻入地心，在它把地心金属都吸收完之前，也许再也不会出来了。

整个书橱里唯一能和书稍微沾边的，是几本黑色硬面抄。里面是另一个那多写的《那多手记》。当初通过各种古怪渠道拿到硬面抄的时候，我以为是某个同名同姓者写的短篇小说，实际上，这是另一个已经不存在的"我"在消逝之前，用以向"年"复仇的武器。听起来有点古怪是吧，"年"，这是一种生活在时间维度中的生物，独立于我们的生物学进化谱系之外的怪兽。

差不多每一次冒险，我都会取一件纪念品放在这个书橱里。每次回顾时，不禁感叹在经历了这些之后，竟然还活在这个世界上。但也不总是如此，多年前那次人洞之行，就没有来得及带回任何东西。路云某次看见我这个书橱，便问需不需要她回一次人洞，取件纪念品放进来，被我立刻拒绝。那洞里只有累累人骨，我不想在卧室里摆这种东西。

书橱第二排上有一个大玻璃罐子，我盯着它多看了几眼。玻璃罐里的无色液体是福尔马林，泡着的褐色物就是民间俗

称的"太岁"。传说中太岁是不死的，割掉一块会长回来，有"日割一肉，永食不尽"的说法。而今的生物学家对它研究不多，有的认为这是种罕见的菌类生命。

但我知道太岁究竟是什么东西。

2005年上海的某个小区曾被完全封闭了几个月，因为一种无药可救的范氏症在小区内蔓延。感染者的内脏代谢会在短时间内上升到极可怕的程度，疯狂汲取营养变巨，最后挤爆胸腹腔。这种病的本质是内脏突变成独立生物，开始新一轮成长并试图突破人类躯壳的束缚。就像寄生蝇的幼虫在松毛虫的卵里成长，等到幼虫长成破卵而出，宿主当然就死了。

基因学界曾有过讨论，人是否仅仅作为基因的载体而存在？而患了范氏症的人，是确确实实成了内脏的载体，或者说，太岁的载体。当然，在那些巨变把宿主撑爆的内脏中，仅有极少数成了太岁，多数在人死后不久也便失去了活性。

泡在密封罐里的太岁，就来自四年前的那个小区。它曾是人肺叶的一部分，被何夕切了一小块给我，浸在福尔马林里密封着，冻结了体细胞的再生。但太岁的生命力实在太强，我怀疑如果现在打碎玻璃罐，让它和外界接触，没准它依然可以慢慢长大。

书橱的所有陈列品里，太岁是特殊的。在我看见其他的收藏品时，或感慨，或唏嘘，有对那段历险的缅怀，有对这世界真面目的叹息。但这太岁却是横在我心头的刺。

引发2005年那场危机的原凶，就是一个太岁。和其他普通太岁的差异之处在于，它竟然是由人类大脑突变而成的，拥有很高的智力。更为可怕的是，这个太岁可以吸附在人身上，连通神经突触，从而控制寄生体的一言一行。

当时这个太岁试图在上海散播范氏症病毒，不惜令千万人死去，以产生更多的同类。幸好最后关头，被两枪击毙。然而所有人都忽略了，其实被击毙的只是太岁的宿主，子弹并未击中吸附在宿主肚子里的太岁本身。

最终的结果是，市局法医解剖室内，宿主尸体上被解剖刀刻下了"等待亡者归来"六个字，而原本吸附在尸体腹部的太岁连同法医，消失无踪。

这些年来，再没有"亡者"的消息，但我心里总是觉得，也许下一刻，它就会带着无穷的恐怖归来。

我盯着阴影里的玻璃罐，其中的太岁切片若隐若现。

我心头的阴霾越来越重，却有一大半和或许会在未来某日归来的"亡者"无关。

是因为昨天何夕的不适。

自打何夕从瑞士归来，摇身一变成为法医，再一次出现在我的生活里，就几乎没生过病。有回晚饭时，我见她左手上有道淡淡的疤，先前从未见过，随口问起，竟是当天下午在解剖室里不小心割伤的。而三小时后我送她回家时，那疤已经完全愈合了。

可是她每隔一段时间，就会不舒服一次。便如昨晚，晚餐吃到一半，她就突然停筷，两颊潮红，额头上渗出细汗。然后，就要我送她回去。

她从不去医院。她明白这是为什么，我隐约也知道，所以更忧虑。当年她感染范氏病毒后独自离开，在一年后她奇迹般生还归来，具体发生了些什么，这是她的秘密。我很注意不侵入她的领地，直到某一天她愿意明明白白地告诉我。

我躺到床上。

她什么时候才会告诉我呢，我看着黑漆漆的天花板想。

或许，我一直以来的做法有些问题？

有的时候，灵光一闪，换了个思路，才会意识到从前走了死胡同、钻了牛角尖。

我向来尊重别人的秘密，越是亲密的人，越是注意不要越界。所以每次何夕要求独处，独自熬过或者用某种方式度过那段不适期时，我都默默地把她送到家门口，然后离开。

但任何女人，再独立再硬气的女人，都会在某个时刻，希望能有个可依靠的男人在身边的吧。其实男人也是这样，只是我们不说而已。

而秘密，当属于一个人的秘密跟另一个人分享时，彼此的关系难道不会变得更密不可分吗？

只要你能够承担伴随着秘密而来的责任。

我能承担吗？这是个不需要思考就能有答案的问题。

我几乎要立刻打何夕的电话，然后反应过来，现在还是半夜里。

我居然愚蠢至此，到现在才明白这个道理。

我的心情顺畅起来，不知不觉中入眠。

第一章

第一个消失者

Chapter 1

　　醒来的时候，手机一边响，一边震，在床头柜上缓慢移动。接听前我看了眼时间，十点二十分。

　　是部主任宗而。

　　"那多啊，钓鱼案的事情，你说我们是不是跟进一下？"他用商量的口气问我。

　　近几年，上海最著名的社会事件，除了倒楼案外，就得数这次的钓鱼案了。城管部门放倒钩假装乘客吊黑车，在我这个跑老了社会新闻的记者看来，算是司空见惯、毫不令人吃惊的手段了。如果不是这一次被钩上的司机觉得太冤，断指明志，传到网上举国哗然，恐怕又要像从前那样不了了之。

　　政府是个庞然大物，要推动任何一个角落的改革，都需要强大的力量。就如多年前孙志刚之死促使收容制度改革一样，事实上，现在民众呼吁的停止"钓鱼"还压根儿称不上什么改革，莫说那些好心让路人搭便车的无辜司机被强行拔车钥匙、

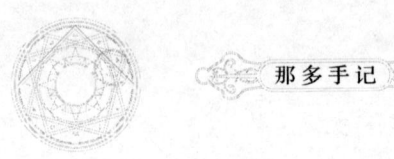

罚款，就算是无证运营的黑车司机，依法都是不能用放倒钩的方式取证的。不过在这个世界上，应该怎样和现实怎样，常常都有很大的差距。

这些天来，因为钓鱼案，全国大大小小媒体的社会记者全会集到了上海。不过相对来说，本地媒体都比较"克制"，上海的新闻审查是出了名的"周到"，管不了别地的媒体来采访，本地的媒体还是管得住的。其实不单上海，就算是以尖锐闻名的《南方周末》，在报道本地的负面新闻时都不免束手束脚。

所以听见宗而这么说，我有些吃惊。

宗而当然知道我在想什么，在电话那头苦笑道："这么大的新闻，多少媒体都在报道，市里再怎么捂也是白搭，这两天口气已经松动了。你看吧，过不了几天上海那几张大报也得开始跟进深度报道了，我们小报要动得比他们快一点。还有啊，你是社会版的主笔，也不能总不写时评，就写个钓鱼案的评论吧，尺度……你是老记者，知道的咯。"

有一阵平媒都兴首席记者、首席编辑，现在又多了个主笔衔，都是差不多的意思，属于给个名誉更可劲地用你，奖金是一分不多的。我总是懒得写什么评论，挂了主笔帽子几个月，一篇都没写过，看来这次逃不过去了。这头一开，以后又要多堆活。

我起来开了电脑，打算查查现在各方报道的进度。趁系统启动的时候，我给何夕去了个电话。她听上去已经好了，正工作中，三言两语就把我打发了。我能想象她一边夹着手机讲电

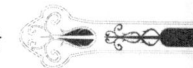

话，一边拿解剖刀剖尸体的情形。恢复就好，至于那个秘密，还是找一个比现在更合适的时机沟通吧。

等到上网查了一遍关于钓鱼案的重要新闻后，我不由得苦笑。昨天早晨，上百名被钓鱼执法的车主聚集在浦东城管执法队大门口，要求退回罚款，许多媒体都做了大幅报道。这就是最新的后续新闻了，从新闻本身看，已经算是深度报道，要是没有新的大事件，这新闻的生命就到头了。现在再想起来去跟进报道，怕是汤都喝不着，只剩下脚料了。

但有什么办法，就是这个新闻环境，螺丝壳里做道场吧。这个追罚款的新闻本地媒体都还没有报道，我出门往浦东去，打算瞧瞧还能挖出什么边角料来。

已经起了秋风，比往年这时节多了几分寒意。我在路上周转花了一个多小时，午饭是路边买的热狗，一口口吞落肚里，心里却空落落的，越来越虚，很不踏实。

书橱里玻璃罐内的太岁总在眼前晃来晃去。对何夕身体的担忧，让我连带着回想起了范氏病毒危机的那些日日夜夜，想起了"等待亡者归来"。是我神经敏感吧，这些年再没有"亡者"的消息，也许早在地球的哪个角落里腐烂了。

但念头一起，再压下去就不那么容易了。拐过这个街角就能看见城管执法队的大门了，眼前是家肯德基，我有点后悔先吃了热狗，但还是推门进去要了杯咖啡。浅啜一口，我摸出手机，拨给郭栋。

 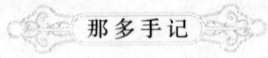

2005 年的时候，上海市公安局多了个部门，叫特事处。我后来知道，这是个相对独立的机构，直属公安部特事局。所谓特事，就是很特别的事，特别到常人无法理解，或者不方便让常人理解的事。这个世界有太多游离于现有科学体系之外的东西，一旦它干扰甚至损害了民众的正常生活，特事局就会介入。在某种程度上，特事局和更低调的 X 机构相似，只是一个方向在维护社会秩序，一个方向在科学探索。我怀疑特事局本就是从不知何时成立的 X 机构里剥离出来的。

不论是 X 机构还是特事局，都是站在当下科学体系的最前端，面对未知的世界。往往这种时候，大胆的想象会比固有的科学认识更有用。所以这些年来，我和这两个部门都打过多次交道。上海的特事处成立没多久就碰到太岁事件，经受了全城病毒危机考验，这件事上我帮了他们大忙，合作很成功。郭栋那时是特事处副处长，听说最近扶正了。

"郭处啊。"我把重音放在第二个字上，半开玩笑地和他打招呼。

"哦呵呵呵。"他笑。

"你现在连笑都有官味了嘛。"我又开了个玩笑，然后到此为止，开始说正事。

"你还记得吧，四年前的那个太岁。"

我转过街角，看见执法队的门口三三两两散着些人，也许就是讨说法的司机。

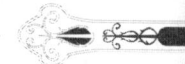

"嗯？"郭栋没反应过来。

"留言'等待亡者归来'的那个。"

电话那头还在沉吟。

"我说，2005 年，莘景苑，范氏病毒，海勒国际，病毒骑士！"我连说了一串关键词，其所代表的惊心动魄，任何经历过的人都绝不会忘记，"我说你怎么了，记性这么糟糕。"

"最近记性是不大好，老了啊。"

我走进大门，才看见院子里围了更多的人，总有三五十号。没有保安拦住我问，他们正忙着把抗议者赶到门外，但拉不能拉、拽不敢拽，生怕做错了什么又被曝光出来，双方僵持在那里。

"2005 年 12 月 7 日，你在金茂君悦的中日外交晚宴上击毙赵自强，随后解剖尸体的法医被附在赵自强身上的太岁控制，留下'等待亡者归来'的字后失踪。虽然我没再打听过后续怎样，但你们肯定追查过这名法医的去向。现在我想知道，你们追查的结果是什么，这个号称亡者的太岁是死是活，在哪里！"

其实在过往的几年中，我有好几次忍不住想向郭栋打听。但我总觉得，如果何夕知道我打听脑太岁的下落，也许会有些想法，毕竟在她的体内就曾孕育了一个太岁。关于太岁的话题，向来是我们之间的禁忌。好吧，也许她并不在意，只是我自己在画地为牢。

"现在你总想起来了吧。"我问。

"如果我说我还是想不起来呢？我压根儿就不记得有这回事！"

电话那头传来"嘟嘟"的忙音，我愣了。郭栋居然把电话挂了。

见鬼，这是怎么回事？一瞬间，我甚至有了身在另一个世界的错觉。

已经有越来越多的学者正视平行世界的假说，而在平行世界假说中，也细分出许多种。有人认为有无穷无尽的平行世界，每个人在每一刻的每一个动作都会分离出新世界，比如一个是在肯德基点了咖啡的世界，一个是在肯德基点了可乐的世界，当然也有没有进肯德基的世界。选择是无穷的，意味着任何一刻都会分离出无穷的新世界。说是平行世界，也可看作是无限庞大的树状结构。

这样的假说其实极其主观，意味着每个人都可以从真正意义上改变世界。当然，可能松鼠的一举一动也会产生新的分支世界，谁知道呢？

科学的最前沿对常人而言，往往与妄想无异，但关于平行世界……记忆中，我确实去过另一个世界，在七年前。那是和都江堰铁牛有关的另一段历险，那是一个和这个世界有九成相似的地方，也有一个我，一个已经结婚的我。

这个世界离奇到像在看科幻小说，但无论如何，我明白刚才的这一闪念只是错觉。可是我也不相信郭栋真的会把这么大的一件事情忘记，否则，他就该入院治疗健忘症，而不是升任

特事处正处长了。

见鬼，他为什么要否认？

"嘿！"

"小心！"

我扭头往发声处看，却发现他们正看着我，确切来说是在看我头顶上。

我没来得及再做出任何反应，左手的咖啡纸杯就被重重砸了一下，连着手背也磕到，疼得我龇牙咧嘴。

咖啡当然洒了，腿上湿了一大摊，幸好已经不是很烫。我咝咝吸气，看清楚那是小半块红砖。要不是被咖啡杯挡了一下，恐怕我的左手就得伤筋动骨，现在虽然痛，应该没什么大事。

但天上怎么会掉砖头？我抬头往上看，三楼的窗口，正有人伸头出来。

"谁，怎么回事？保安呢？"那人怒气冲冲地喊叫，直接把我的火气憋回肚里。

怎么好像他才是受害者？

几个保安的态度立刻强硬了许多，然后我才明白，原来是有人往楼上扔了块碎砖头，准头不好被窗框弹了回来，误伤了我。

没人来管我伤没伤，我这狼狈的样子只能证明我不是那个扔砖头的。保安神情严肃，让扔砖头的自己站出来，否则就要叫警察来。其实没东西砸坏，我也没伤残，警察来了也不能干什么，纯粹吓唬人。

回应保安的是沉默，没人站出来承认。聚在这儿的每个人都摆出张臭脸，看起来谁都有可能扔砖头。而且站在这里意味着和政府部门叫板，力量强弱对比明显。弱势群体容易抱团，哪怕和扔砖者不认识，也会保护他不被抓出来。

对抗的气息浓厚起来，保安火气上来，双方推推搡搡，场面有点混乱。

"干什么干什么，动手是不是？你们现在敢动手，明天早上就见报。你们试试看，你们试试看！"

最近和媒体交道打得多了，报纸上撑腰的文章不断出来，这些抗议者胆气一天比一天足。话放出来，保安手上的动作立刻缓下来，朝四周张望，好像要看看有没有记者在。

记者又不会在脸上刻字，但还是有些狐疑的目光在我脸上盘旋。因为和那些抗议者比，我的神态过于平静。我耸耸肩，向他们笑笑，于是他们的动作立刻轻柔了。反正只是块砖头，被砸到的也只是我，这样的时节，多一事不如少一事。

如果保安的观察力更强一点，想找出谁扔了砖头并不困难。刚才我被砸到的那一刻，在人群里的某处形成了一个目光焦点（我的狼狈是另一个），我只来得及瞥到一眼。不过在保安问话的时候，又有几个人的目光不自觉地往那儿偏。

所以考察人们做什么，要比说什么更有价值。

事情总是说起来容易做起来难。事实上当有了这么多线索之后，我还是确定不了打翻我咖啡的罪魁祸首。因为那个人的

形象，实在和想象中怒气冲冲的抗议者太不一样了。

这样的人怎么会扔砖头？我挠了挠脑袋，走过去。不是为了找她算账，而是……要真是她扔的砖头，也许会有一个足够让我写篇深度报道的故事。

这是个穿了身碎花公主裙的女孩，黑色裤袜，白色的圆头皮鞋，圆脸圆眼睛小翘鼻子，细看有点小雀斑。称不上有多漂亮，但顶着个波波头，看起来很可爱。以我这双毒眼，她该有二十三四岁，不过这样的打扮，一百个人里会有九十九个以为她是十几岁的九零后。

这样一个女生怎么会站在这里？她会是黑车司机？打死我都不相信。

女孩咬着下嘴唇，神情有些不安，视线和我相交的时候，她错开了眼神。发觉我走过去，她更是侧了侧身，十足一个做错了事不敢面对的小孩子模样。

我见她双手捏着拳头，紧贴在裙边，心里还在想她会不会再有什么过激的行为。并没有，反而看我走到近前，大概是知道逃不过去，她又把身子转回来和我道歉。

"对不起。"她微低着头说，"不知道会砸到你，真对不起。"

她的声音很奇特，一字一句，清楚得有些铿锵，和她的外形打扮完全两种感觉。

"哦，你把砖头扔出去，总会砸到些花花草草的。"我开了个玩笑，希望能拉近距离。

我目光打了个转，却发现在女孩的脚边有面硬纸板做的牌子，有字的那面朝下，不知写了些什么。

我弯腰去捡，女孩先一步拾起来，高举过头。我退开一步，看清楚了纸板上的字。

"还我宝宝！"

我皱起眉头。还我宝宝？这是什么意思？

这些人聚在这里是为了抗议钓鱼执法，怎么会有个女人跑来要孩子？咳，瞧她打扮，还真看不出她已经是孩子妈了。

她举起牌子后，就不再搭理我，奋力向着三楼开着的那扇窗口晃动纸牌。窗边的人看了一眼，就缩回了脑袋。

到底怎么回事？哦，等等，也许是我搞错了？

"那个，打听一下，你们聚在这儿是为了什么？"我问旁边一个穿着牛仔衬衫的平头男人。

他立刻瞪大了眼睛，不可思议地看着我："你不知道？你不是记者？钓鱼呀，我们都被钓了罚过钱，执法队的人太黑了，我们得把钱要回来！"

"那……"我指了指把写着"还我宝宝"几个字的牌子来回摇动的女孩（好吧，我实在不知该如何称呼她，她的确不像是个母亲），"她这是？"

平头耸了耸肩："这个我也不清楚，好像她男人也是干我们这行的。"

说到这里，他又耸了耸肩。他的确是个开黑车的，也就是

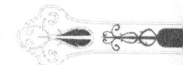

无证运营。他并不避讳这点，之所以来这里抗议，是因为执法队的执法程序不合法。就像这些天里许多媒体评论的，用假装乘客的方式钓鱼，是违法手段，照理他从前交的那些罚款，都得退回来。原本这世上不照理的事情很多，可现在执法队输了第一宗钓鱼官司，被淹在网友和媒体的唾沫里没了还手之力，让他看见了退回罚款的希望。站在这儿的人，差不多都是和平头有一样想法的黑车司机。

所以他的意思是这女孩的老公也是个开黑车的。

女孩在这里站了好些天，早上来傍晚走，中午吃自己带来的饭，一点都不合群。有人问她话，也爱理不理。昨天有记者问怎么回事，具体情况平头没听见，但那记者和她说了没一会儿话，就跑开采访别人去了。

"好像是说，她男人被抓了。里面的人就没理过她，可是……没听说执法队会抓人呀。可能是她搞错了，这傻丫头老偏的。唉，搞不太清楚，搞不太清楚。"平头耸耸肩，示意他所知道的就这么点。他已经耸了三次肩，看上去很喜欢这个动作。

男人被抓了？我又看了眼写着"还我宝宝"的牌子。她的男人就是"宝宝"？

可就像平头说的，城管是无权抓人的。

这事情透着蹊跷，记者喜欢的就是蹊跷。

我道了声谢，转回头再去找女孩说话。

打了两声招呼，女孩却不理我，只顾着摇牌子，看都不往

我这儿看一眼。

我摸了摸后脑勺，看来这女孩可不太好打交道呀。从怀里摸了张名片出来，递到了女孩面前。她这才转头看我。

瞧瞧我，又瞧瞧我手上的名片：《晨星报》首席记者那多。

看清名片上的字，她一把接过名片，神情和刚才大不一样。

"你是记者？"她问。

因为说得急促，语调又怪，我并没听得太清楚，但想必就是问这个，便点头。

"哦……啊。"她发出了两声掺杂了惊讶和喜悦的感叹，薄薄的脸皮立刻涨红起来。这年头碰上个记者能激动成这样的太少见，看上去满腹冤屈只等向我倾诉。

然后她飞快地说了几句，因为她原本怪异的语调被放大了，让我完全听不明白，只好请她慢慢讲。

"哦，对不起。"她刻意放缓了语速，好让我听请楚。

我认真地拿出采访簿，打算把关键部分记下来。几个保安远远看着，没有一点妨碍采访的意思，让我颇为奇怪。我眼角的余光扫到，他们脸上的表情是不屑和轻蔑。是对我吗，还是对这女孩？

我的采访簿却是白拿了。

听了十几分钟，我一个字都没往本子上记。同时也明白了保安为什么这样悠闲，而前些天那位同样采访过女孩的记者，为什么很快就没了兴趣改找他人。

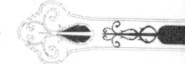

女孩的名字叫张岩。所谓"宝宝"，果然就是她的先生，名叫刘小兵，有辆金杯小面包车，干着无证运营的营生，也曾被城管执法队放倒钩罚过钱。

前几天，刘小兵开着车出去做生意，却没有回来。张岩等了一夜又一天，不知该怎么办。情急之下，她挨家挨户地向邻居打听，门口杂货店的老太太就说，听说最近黑车打得严，准是让城管抓了去，从前就被罚过，屡犯是要蹲大狱的。

所以张岩就跑到了这里，和其他要城管还钱的黑车司机们混在一块儿，想要城管部门把"宝宝"放回来。她刚来的时候，见了纸牌上的字，楼里还有人问她怎么回事，后来就再也不理她了，张岩激愤之下，就有了刚才的扔砖之举。

"唉。"我长长地叹了口气，"这事你该找警察呀。"

"但是冯奶奶说，准是让城管逮了，城管可坏了。"张岩说。

我只好又叹口气，这女孩真是没一点生活常识，听风就是雨，看这模样还特别倔。我瞧她才像个"宝宝"。

于是我只好给她解释，城管部门是没有拘留公民的权力的，这么多天和刘小兵失去联系，这叫"失踪"，得立即报警。

"真的？"她狐疑，看着我。

"真的。"

"那会不会就是警察抓了宝宝？"

"你先生又不偷又不抢，只是无证运营，一般警察是不会拘留的。就算他因为什么让警察抓了，也不可能不通知家人呀。

你啊，还是快到警局去报失踪案吧。"

"通知家人……那会不会……"张岩欲言又止，然后问，"我该去哪里的警局报案呢？"

"你打 110 呀。"

"我不能打 110 的。"

"110 怎么不能打？你要不打电话，就去你家附近的派出所，你去问冯奶奶，她准知道。"我有点被她烦着了，口气不耐烦起来，旋即反省，这女孩虽然这也不懂，那也不懂，但人家老公失踪了，自己这语气不妥。

"这样吧，你先去警局报案，万一再有什么困难，你打我名片上的电话，要是能帮上我就帮。"我补了一句。

"我也没法打你的电话。"张岩朝我笑笑。

我还没琢磨出她笑里的意味，就听她说："我听不见。"

"啊？"

"我听不见！"

我愣了几秒钟，当我明白过来的时候，彻底愣住了。

她是聋子？

她听不见声音的？

不对呀。

不对，不对，不对，不对。

"那你怎么能和我说话？"我问。

张岩指了指我的嘴唇。

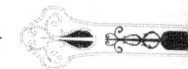

是唇语。

怪不得，她只有在看着我的时候，才能知道我说什么。怪不得，她说话的语调这么奇怪。绝大多数的失聪者是哑的，不是声带有问题，而是因为听不见别人说话，自然就很难学会说话。像张岩这样能说话的，不知付出了多少努力才学会。

呵，我竟然在和一个听不见的人说话，当记者这么多年，头一回碰见呢。

"宝宝教我说话的。我一定要把宝宝找回来。"穿着公主裙的女孩说，带着让我凛然的坚持。

我想，我有种幸运或是不幸，平常人一辈子也碰不到一次的古怪事情，却屡屡出现在我的生活中。就像这次，我原以为就算留了联系方式，也只是礼节性的，过后不会再有什么交集。换名片只是做做样子，很多事情就是这样，虚有其表，但这个表也很重要，它构成了社会。结果呢——这么快又碰面了——并且是以如此离奇的方式。

我絮絮叨叨地说着，颇有点装腔作势。何夕性格略有些冷僻……好吧，许多人认为是性情古怪，在她身边我总是不自觉地做些活跃气氛的事情。如果在其他场合，这会让我觉得自己像个小丑，不过与何夕单独相处，只要逗得她微笑，我也会很开心。人总是备着多副面具，我现在是戴着面具，还是没戴着呢？我也不知道。

此时我们刚吃完饭，从进贤路拐出来，在周围的小店间游

荡。何夕对逛街并不如其他女人般热衷，只是慢慢走过，随意洒落目光。有时候，她对旁边石库门的幽深巷子更有兴趣，随着她的步子，我们走进一条上海里弄。弄口的匾模糊得看不清名字，我瞥见砖墙上有块铜牌子，想必这片街区是市保护建筑，风雨里吹打百年了。

弄里窄得只能停自行车，灯火比街上黯淡，正适合我的故事。我在向何夕说那段和"六耳"有关的经历，迄今华山医院还保留着他的病历——不明原因引起的突然返祖，药石罔效。故事从他逃出医院和我见面才开始，背后的原因当然不是返祖这么简单。

我把开场白讲完，正要和着弄堂里的烟火气息，把后面的光怪陆离一一道来，却忽然卡壳。瞬间我有点疑惑，自己经历的奇怪事情太多，也不知向何夕添油加醋地说了多少个故事，现在这个故事，我到底有没有讲过呢？

我瞧了眼何夕，她往旁边窗户里看着，像是并没认真听我说话。窗那边有个洗着碗碟的中年妇人在打量我们。旋即她转过脸来，问："那么，你觉得遇见我是种不幸咯？"

"怎么会，你觉得自己很古怪吗？"

"不是吗？"

"呃……你是不是听我讲过'六耳'的事了？"我岔开话题，心里暗自觉得，自己是不是太实诚了，这种时候该握紧小手深情凝视、坚决否认才对吧。

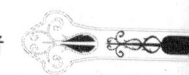

"听过两遍。"

"哦，啊，那个……"我搓着手，有点尴尬。

何夕这时却笑了，把冷冰冰的手放进我掌心，往弄口走回去。

"我是有点古怪，所以谢谢你。"她说。

"谁叫我喜欢你呢？"我肉麻地说。

"所以你是觉得我古怪，对吧？"何夕抽出手说。

我张口结舌，然后她又笑了。

"你最近碰到过郭栋吗？"我肯定是个感情白痴，居然在这种时候提这个话题。可我总得在去找郭栋前跟她通个气，哎……顺便……就现在说一句咯。

何夕是法医，尽管那宗法医失踪事件是在她当法医前一年发生的，但同一个系统，她一定知道。更何况关于太岁，还会有谁比她更熟悉、更关注呢？

"我和他不熟。"

"我想这两天找他一次。他升了正处你知道吧？你说这人，一升官忘性就大啊，那么大个事情居然在电话里和我说忘记了，我可不相信，我打赌他就算忘了自己姓什么也不可能忘记这件事，这可是成立特事处以来，他的第一功啊……"

我绕来绕去说了一大堆，何夕打断问："你想说什么？"

路口红灯跳成绿灯。我驻足不前，看着她。

"我想知道脑太岁的下落。我不想哪一天"亡者"真的归来，我却毫无准备。"

"愣着干吗，绿灯！"何夕像听见一件再普通不过的事，径自向对面走去。

我紧赶两步跟上去，一路无话，直到下个路口。

"吃栗子吗？"我停下来在新长发糖炒栗子的专营摊子上买了十块钱栗子，给何夕递过去。

栗香扑鼻。何夕拈着枚热腾腾的栗子，只是看着出神。那栗壳上有道裂缝，露出里面金黄色的肉。不知这裂缝是事先用刀割开的，还是在炒时果肉膨胀自然开裂的。她在想什么呢，是不是想到了那些从人体内迸裂而出的太岁？

"江文生的调查报告很古怪啊。"

江文生就是被脑太岁控制的那个失踪法医，我却没听清楚何夕的这声低语，追问她说了什么。

"你说得对，郭栋是不可能把这件事情忘记的。如果你打听出什么，会告诉我的吧？"何夕剥开栗子，把栗肉送进嘴里。

"当然。"

其实我更想知道，你体内那个太岁究竟怎么样了。

我没问出这句话，只是从纸袋里又摸出颗栗子，递给她。

第二章

第二个消失者

Chapter 2

在看见我之前，张岩已经在大理石廊柱边徘徊五个小时了。

前台一早就注意到她，那个时间，新闻大厅里的人寥落得一只手都能数出来。前台说这女孩一副难沟通的样子，说话不情不愿的。好不容易问出她是找我的，没有预约，便要帮她拨电话，她却说不用。前台就不高兴搭理她了，放她自己在大厅外守着我。前台却不知道，这个世界对张岩来说，是无声的。

"那记者。"张岩说。

"那多！"她又喊了一声。

我和她错身而过。

她毫不犹豫，急步抢上来，拦在我面前。

"你说过，会帮我的。"她张开手，挡住我的去路，声音在宽阔的走道里回响。所有人都看过来。

我险些撞上去，吓了一跳。我不是故意躲她，而是满腹心事，完全沉浸在自己的世界里。

我刚从特事处郭栋那边回来。

上海市公安局搬到了中山北一路,然而特事处却没有跟着一起搬去,而是另择了一处单独办公。听说,这正是新晋处长郭栋的主意,或许因为这个部门职权的独立性,又或者是因为隐藏了太多不适合被系统内其他普通警员了解的秘密,他的申请得到了批准。

新华路上,老别墅群和新建的高档住宅区参差交错。今天上午 10 时许,我沿着影城不远的一处岔道往里走,路尽头是个幼儿园,左手边有巷子通往更深处。地上偶有蔓草几簇,两侧青砖残破,砖面上不知何时何人因何事留下痕迹处处。三五盏锈去的黑铁壁灯,引着我进了个小院落。院口钉了块铜牌,上面的字尽管很小,但依然显得格格不入:上海市公安局特事处。

竟然找了这么个隐秘角落,能在这儿办公,真是让人羡慕得很。话说回来,晨星报报社在外滩,正对着黄浦江江景,也是让人艳羡的所在。

院落里门禁森严,我一眼就瞥见两个摄像头。武警笔挺地站着岗,听见我找的是郭栋,神情略有些和缓——这大概只是我的错觉。

我没有预约,等了很长时间,才有人出来接我。

不是郭栋,但也是熟人。

一个胖子从楼里晃颤颤地跑出来,嬉皮笑脸地冲武警敬了个歪歪扭扭的礼。

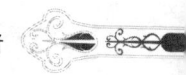

"大家好，大家好，这是我偶像啊，认识一下，大名鼎鼎的那半处。"他拉着我给警卫们介绍。大家显然都知道这小子的性情从来没个正经，笑着跟他打招呼。

胖子叫甄达人，用他常挂在嘴边的话来介绍他自己挺合适：童言无忌、童言无忌，不过小孩子想象力最丰富，干我们这行最需要的就是想象力，所以，哈哈哈哈哈哈哈，要谦虚、要看淡、要视之如浮云，我就是特事处不能或缺的第一干将嘛。

"我什么时候叫那半处了？"我问他。

"你一个人撞的邪就能抵我们半个处，我给起的名字，有气势吧。"

"听着像王半城、张半仙之类的。"

"对吧！"甄达人得意扬扬地说。他绝对不是笨，而是有一套自动过滤系统啊……

特事处小楼的前身不知是哪个富裕人家，多年的动拆迁后，上海现在还保留下来的老宅，每一户都有长长的故事。不过看得出，小楼的内部格局明显被改动过，原本的走道绝不会像现在这样狭小逼仄。改出来的空间，都并入了那一间间不知隐藏了多少秘密的房间里。扇扇房门都是紧闭着的，让待在里面的人气息不畅。

我被引到二楼的会客室里，甄达人陪着我天南海北地闲聊，过了十分钟都不见郭栋出来。

"你们郭处呢？"甄达人正在和我讲他昨天晚上刚诞生的

"伟大构想"，通过反物质和正物质的能量落差建造永动机。别被唬住，他的物理水平绝不会比我更好，说的东西除了空想还是空想。我忍了会儿，见他有越来越兴奋的趋势，果断打断了他。

"大概手上还有点事吧，别管他，我们先聊着嘛，好不容易能碰上个肯听我说的，其他人不理解啊。"

"其实我也不太理解，没关系，真理在少数人那里，天才总是要死了才会得到承认的。"

甄达人总算明白我在揶揄他，干咳两声，放下这个话题，这才想起问我的来意。

"还记得江文生吗？'等待亡者归来'！"

我有些紧张地盯着甄达人，担心他也说出"没印象""不记得"这种话来。

"当然，怎么可能忘记，我就是那次和你认识的呢。"甄达人毫不犹豫地说。

"可是郭栋对我说，他不记得了。"

"不可能。他开玩笑的吧！"

我摸了摸下巴上的胡楂，早上起来忘记刮了。

"也许是在开我玩笑吧。"我慢悠悠地说。

"这可是我们处成立之初破的第一大案啊，论重要性和解决的完美程度，后来没什么案子能比得上。那个时候我还是菜鸟一只，如果不是那哥你及时把字谜解出来，都不知道最后会是

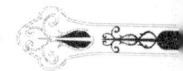

什么结果。想着我就后怕啊，这病毒一扩散，恐怕就没有现在的我了。"

甄达人就是太啰唆，我截住他问："怎么能算完美解决呢，脑太岁不是跑了吗？"

"完美解决是相对而言的，你知道大多数这类事件，总是多少留些尾巴。而且那个是处里的公断，我是持保留意见的。哪里有那么轻易的事情，我看哪，嘿嘿……哦，对了，你不知道我们后来又有了新进展，江文生他……"

门口传来一声咳嗽，然后郭栋大步走了进来。

在甄达人吹嘘永动机时，我就听见门口有些轻微声响。看来他已经在外面听了不少时候。我预感今天要达成目的不会太容易。

我站起来和郭栋打招呼。

"客气什么，坐，坐。"

郭栋一脸和善，却透着股子官气。从前他可不是这样。原本我多半会打趣他升官后有了官威，不过现在我却没多说什么。

"我们搬了新地方，你还是第一次来。这儿不错吧，哈哈。"

郭栋打着哈哈，我却忽然没了迂回试探的兴致，直截了当地把来意挑明。

"还是上次电话里说的事情，脑太岁最后怎么了，我因为一些原因很想知道。我知道这不符合你们的相关规定，不过郭处长，我们认识也那么些年了，你就当帮我一个忙。"

听我用这样的口气喊他郭处长，郭栋有些动容，叹了口气说："别这么说，你这是在打我的脸呀。"他终于没再说忘记了，沉吟了一会儿，显得有些为难。

故作姿态。但我拿他没办法。

"我后来又想了想，是有印象。但这是好几年前的案子了，具体情况有点模糊，调资料，手续也比较麻烦，我把能记得的和你说一说。江文生的下落我们后来搞清楚了，确认他已和脑太岁双双死亡。所以，不会再有什么'亡者归来'了，这玩意儿早就死透了。"

他手指在方案几上嗒嗒嗒敲了几下，抬腕看表，说："哎哟，我这儿还有个会。你看这，真不好意思，那多，你难得来一次，不凑巧啊。让小甄陪你多坐一会儿，还有什么要了解的你就问问他，年轻人嘛，记性总要比我好点。老啦，过两天有时间一起吃饭。"

郭栋待的时间还没有他在门外听的时间长，屁股没坐热就起身离开。从前他和我说话，就算是假装的，也能让你感觉大家在一条战壕里、一个热炕头上。现在则完全不同，像是换了个人。从副处变成正处，怎么变化就这么大呢？

不过我却没有感慨人情世故的闲工夫，郭栋的脚步声还没远去，我就逼着甄达人快点把这个案子的后续卷宗调出来给我看。

"这个，这个，这是内部的绝密档案啊，我、我……"

"我什么我啊，没听见刚才郭处说吗，只是手续麻烦点又不

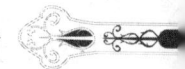

是不能给我看。他郭处怕麻烦，你也怕？再说了，郭处最后不是让你给我答疑解惑来着吗？"

我这也不算是拿着鸡毛当令箭，郭栋最后给我留了个尾巴，我能不揪住它吗？

调内部资料给我看当然是违例的，但甄达人也听出郭栋未说明的意思，没再拿捏，就帮我去查结案报告了。

说起卷宗来，人们容易联想到一摞摞锁在铁柜子里的牛皮纸袋，实际上早就电子化了，直接上电脑从资料库里调就行。当然，这是不对外联网的，不然被哪个黑客把库里的绝密文件翻出来曝在网上……估计也没什么问题，大家会以为这是哪位想象力爆棚的作者写的科幻小说。谁能想到，现实比小说更夸张呢！

"没法打印给你，就只能在这里看。"甄达人刷了一次卡输了两次密码，从库里找出相关文档，然后把电脑前的位子让给我。

屏幕上的报告没有标题，只有一串由数字和字母组成的编号。

12 月 13 日，上午协调市局刑侦总队，借调干警两名，下午遵照保密条例将两人返还。13 日夜、14 日全天调看监控录像，锁定两条可能的逃逸路线……

　　报告写得极不通顺，条理也不甚清晰。因为保密条例以及特事处当时人手紧缺，对脑太岁的追查从头到尾只有一个探员负责。显然写报告不是他的强项，他常常把无关紧要之处写进去，比如借了两个警员帮忙又不得不退回去之类，看得我相当吃力。

　　我反复看了三遍，把报告内容在脑袋里排列组合，这才整理清楚脉络。

　　江文生是在解剖赵自强尸体时，被太岁控制逃逸的。事后对前寄生体赵自强进行的尸检分析并没有太多收获。太岁对生物的操控应该是通过侵入神经细胞完成的，是化学性而非物理性的，人一死，细胞失去活性，痕迹就随之消失。但无论如何，这种控制不是什么魔法，需要一定的时间才能完成，而且总有缺陷之处。比如江文生被寄生后逃逸时，居然没有把身上醒目的白大褂脱下。如果是江文生自己犯了事出逃，以他缜密的法医脑袋，是不可能出这种低级纰漏的。这小小的失误，就为探员的调查提供了许多便利。

　　监控录像显示，江文生是驾车离开的。开的是自己的别克车，不过开得歪歪扭扭，像喝醉了一样，还刮擦了旁边停放的一辆警车。在上海，别克是常见车，同一个红灯停下两辆相同型号的别克一点都不奇怪。再加上道路上的监控探头有限，车牌号拍得也不够清晰，所以，光根据录像没法完全锁定。好在有那件白大褂，许多人都对这名司机有印象，寻找目击者变得比较容易，确切的逃逸路线很快就搞清楚了。

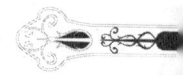

这辆尾号为 1792 的别克车上了内环高架以 100 公里每小时的速度高速急驰，后往西转入沪闵高架。这正是江文生平时回家的行车路线——他家住在梅陇，当人想逃避或找寻一个安全的避难所时，回家这个念头会在第一时间冒出来。估计江文生被控制后，本体意识和脑太岁相交融或被吞噬有一个过程，在这个过程中下意识地选择了这个方向。当然他并没有真的回家，而是顺沪闵高架一路驶上了沪杭高速公路，在海宁加满了油，上了一次厕所。不知道江文生被脑太岁控制后，是否还有排泄这种生理需要，但他在厕所里做了另一件事：在一个蹲坑隔间里，发现了被扔弃的白大褂。

白大褂被扔弃标志着脑太岁对江文生的控制到了一个完善的阶段，因为除此之外，他在海宁出口驶离了沪杭高速公路——对一个逃亡者来说，开在满是监控探头及每个节点都有收费站的高速公路上显然不是个好主意。

这份报告在叙述之外还有许多的分析，尽管文法须稍加梳理，但这些分析体现出的开阔思路和大胆推断，让我很钦佩。

从江文生的逃亡细节推断出脑太岁寄生的状况还不算什么，更关键的是这位名叫林杰的探员的另一个判断——寄生对脑太岁来说并不是件容易的事。

丢掉醒目的白大褂，走较偏僻没有监控探头的道路，这些都是一个逃亡者该做出的选择。但脑太岁并不是普通的逃亡者，它本该有更好的逃亡方式：不停更换寄生体。换寄生体，不比

脱件白衣服更能迷惑追捕者吗?

但事实上脑太岁并没有这么做,不可能是它没想到,而应该是它做不到。

由此推断,寄生并不是没有代价的,或许控制一个人需要耗费极大能量,短期内脑太岁没法"挪窝"。

分析出这点后,林杰对逮到江文生信心大增。虽然别克车离开高速公路后,光靠监控探头已经锁定不了了,但对一个刑侦老手来说,还是有许多踪迹可循的。他缀着江文生的尾巴,由海宁到杭州,再到黄山经景德镇至南昌,又继续向西南方向追。

在这个方向上,最有可能的目的地是广西或云南,那儿人烟相对稀少些,且有大片的无人区。或许有些逃犯因为大隐隐于市的道理,喜欢混杂在大都市中,可这是因为大都市人流大,关系错综复杂,不像小山村,家家户户彼此都知根知底,来个外乡人藏都藏不住。要说隐于荒野,现如今谁能做到?人毕竟是社会动物,时至今天,哪怕是穷凶极恶的杀人犯,没经过专业训练,也不能在原野上生存下去。但对江文生来说,这些不成立,因为他已经不是人了。

对附在江文生身上的脑太岁来说,人群非但不能给它掩护,反而更容易使它暴露,所以它最可能找个穷山恶水的原始森林,往里一钻,直到恢复元气再出来。

车并没有开到广西、云南,途中加了几次油后,在邵阳附近停了下来,给了追捕者提前截住他的机会。原因不是车抛锚,

而是遇见了车匪路霸拦车要钱。

五条大汉围住江文生，反被江文生揍得七零八落，其中两人还伤得不轻。当他还是个法医的时候，不会有人想到这个干瘦的男人近身搏击如此厉害。那些路霸汉子对抢钱不成反被揍的事羞于启齿，林杰颇费了番工夫才打听出来。

江文生没再上别克车，而是将之随便弃在路边。拦车事件发生三天后，在距离邵阳七十多公里的地方，林杰终于追上了江文生。被脑太岁控制的江文生明显是个危险人物，有那五名车匪路霸的惨痛经验，林杰没想着生擒他，而是拔枪射击，当场将其击毙。流弹击中一个塑料油罐，脑太岁连同江文生一起被烧成了焦炭。

"真的烧成焦炭了？"我有些不敢相信地问甄达人。这种一拳打空的感觉，就像是为了获得世界冠军苦练四年，到头来却发现竞争对手忽然退役了。

甄达人苦笑："我最先也是你这种反应，大老板居然莫名其妙就挂了，完全没有挑战性，人生和游戏还真是不一样啊。"

"我是说，你们确认过没？会不会……"

"应该没什么问题吧……"甄达人的口气略有些犹疑，但这可能是他唯恐天下不乱的性格所致，如果真的没什么问题，他是很遗憾失望的。

"林杰还带了点焦炭回来，但被烧得太厉害，送进化验室里，只能检出的确是太岁类物体，一点活性都没了，死得干净彻底。"甄达人又补了一句。

亡者再不会回来，我松了口气。但说实在的，我心里还是有一丝一缕的不踏实。

接着我婉拒了甄达人的午饭邀约，他把我送出特事处大门。

出门的时候，我注意到门口有块大黑板，特事处每个人的名字都在上面，名字后会标明他的工作状态，比如是否外出等。

经过时我眼睛扫过黑板，快出院子了，我忽然停下，反应过来心里的怪异感觉从何而来。我问甄达人："刚才那黑板上，怎么没有林杰的名字？"

"哦，他已经不在特事处了。"甄达人随口回答。

"不在？他出事了？"我心里一紧，随即又放下心来，肯定不会出什么事，否则达人不会是这种口气。

"不不，他调离了。查完江文生的事之后，他好像就挺不顺的，先是离了婚，然后申请调离了特事处，到市局宣传处做文职去了。"

果然。

出了小院，作别的时候，我又问他："待在你们处心理压力挺大的吧，总是见识各种离奇古怪的事情，又不能对外人说，只好憋在心里。是不是类似林杰这样的人员流动挺多的？"

甄达人摇头说："怎么会？进特事处的人，都是精挑细选出来的，能力是一方面，心理素质却是头道关。而且就算从处里出去，解密期也是五十年！"

"五……五十年？听说安全局解密期也就只有二十年啊。"

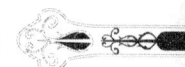

我被这个数字吓了一跳。

"就是让你这辈子闭嘴呗。所以你想呀，在处里还有同事可以说说，出去了什么都得憋着，不更闷嘛。我们处成立到现在，人员都是只进不出，林杰是唯一的例外，也不知他怎么铁了心要离开，去做文职。嘿，记得有次和他聊天，他说要是让他去做文职，还不如杀了他。怎么看，他都不像是块做文职的料，可惜了，这家伙挺有本事的啊。"

甄达人看我沉默不语，冲我咧嘴一笑。

"怎么，是不是想找他聊聊？我也觉得，这家伙必有不可告人之事，问出什么八卦，可要第一时间告诉我哦。"

甄达人对这个世界总是习惯性地阴谋化。我不置可否，微微点头，转身离开。

林杰这个人我是必然要见的。他的调职和追捕江文生时间相隔这么短，指不定有什么关联。这世界总是好人不长命、祸害留千年，而太岁又是以生命力强闻名，这么干净利落地被一把火烧死，我和甄达人一样，有点不相信。说起来，这是罕有的我和他意见一致的时候。

这些年走过来，任何事情如果不是我自己去调查过的，我都不敢全信。况且世道艰难，凡事都得往坏里估计，只要事情存在变坏的可能，通常这个可能就会成真。我要是天真地等着幸运降临到自己头上，早就变成一堆腐肉埋进土里了。

张岩在报社走廊上张臂拦住去路时，我正处在一种豁然开

朗与唏嘘感叹纠结在一起的复杂感觉中。

不是由脑太岁而发，也和曾经的特事处干员林杰无关，却是郭栋。

前一刻我完全闹不明白郭栋的转变，叹息怎么从副处变成正处，半级之差他就像变了个人似的，下一刻我就忽然明白了其中的道理。可不是嘛，就是因为这半级啊，这是副手和一把手的心态差异。

之前我和他关系融洽，有求必应，许多案子上我都出过力，自认为帮了他许多大忙。这样想并不算错，当时他还是副处，由他主导的案子破获率大增，让他在处里的话语权越来越大，直到如今升到正处。可是在一个系统里，由原先的竞争位置转变成稳保第一的一把手位置，很多东西就不同了。比如说，过度依赖一个系统外的人。

要是有人打小报告，说他和我这样一个记者往来过密，总是泄露按例不得外泄的绝密信息给我，让我变相地加入破案组出谋划策，他这个屁股还没坐热的正处长的位置就岌岌可危了。违反内部条例在他这个位置还不算大事，但内外不分外加能力不足可就致命了。

世上的事就是这么奇妙。同样的情形，当他是副处时是助力，是正处时就是阻力了。没准，他已经因为这个受过申诉，所以格外地注意和我保持距离。

不过他终究还是没把板全抽掉，我和甄达人在闲扯时他站

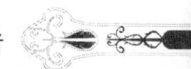

在门外听，估计就是还拿不定主意该怎么重新定位和我的关系。后来匆匆来去，貌似官样文章，却又给我开了方便之门，说明交情多少还留了一些。

曾经的亲密合作，一去不返了。

没有一成不变的人，更没有永远不变的交情。我自以为在这缸浑水里摸爬滚打够久，有时却还会发现自己过于单纯。

"你说过，会帮我的！"张岩再次大声对我说。

"帮你帮你。"我回过神来，大感尴尬，把她拉进新闻中心。她闹这一出，让我们变成了大家注目的焦点。本想在我的工位处谈，结果投来的视线太多，我只好找了一间空着的小会客室。

"你的手怎么了？"我问。

她的左手臂上有明显的抓痕，是新痕，昨天分明还没有。

"逃出来时被抓破的。"她拿出一张大白纸说。

我吓了一跳。

"逃出来？从哪里逃出来？"

"洗发店。"张岩在纸上写道。

接着她又补充说："乱七八糟的！"

在上海的一些小路上，会有一排排的闪着暗红色转灯的美发店。隔着透明的店门玻璃可以瞧见些衣着暴露的女人在里面伸展腰肢，向路人浅笑、丢媚眼。这些色情场所，就如牛皮癣一样"野火烧不尽，春风吹又生"。好好地，张岩怎么会跑进那里去？昨天分手时不是让她去警局吗？这不到二十四小时，

在她身上又发生了些什么？

张岩边写边说，这种交流方式对她来说更容易些，否则有时她的怪异语调会让我搞不清楚她说的是什么。

昨天她和我分开后，立刻去了警局，查到并没有任何一个黑车司机被警方关起来。让她稍松口气的是，也没有哪个无名死者能和她的宝宝对上号。

可是张岩和接待她的警员交流得并不顺利。她希望警方能立刻出动，帮她把宝宝找回来，但警方认为，她的老公刘小兵是个有自主行为能力的人，也许是出去躲债了，也许是有了其他女人，也许厌世去当和尚……

"宝宝，宝宝，宝宝。"张岩在纸上连写了三遍，力大得把纸都写破了，然后狠狠一顿，笔折断了。

她现在复述警察的话都如此愤愤不已，可见昨天在警局时绝对要更生气。她的脾气我是领教过的，会直接往城管的玻璃窗砸砖头，估计对警察也客气不到哪里去。

但不论张岩觉得"宝宝"和她有多么血肉相连不可分割，警方也没法立刻就排除刘小兵自主离开的可能。失踪案有太多的可能性，恶性事件占的比例并不太高，所以，如果不是失踪了很长时间的话，通常警方不会立刻在上面耗费警力资源。

当然，我本来的意思，是让张岩先在警方挂个号，需要的话我可以用自己的关系去打个招呼，让警方早点动一动去查。可是张岩的性子比我想象的倔了许多，听了我那么多解释，也

没全放弃城管那边。在警局吃了个软钉子，出来后她又赶回城管执法大队。那个时候已经近5点钟，她守到城管下班，随便堵了个人就问刘小兵有没有被城管抓起来。

也巧，被张岩堵住的是个副队长。以张岩这种不达目的不罢休的劲头，外加上副队长其实也知道有她这么个莫名其妙的抗议者存在，不胜其扰之下，就给她指了条"明路"。

实际上，守候在路口"钓鱼"抓黑车的，大多不是正式编制内的城管队员，而是一些"社会协管人员"。这些人"吃苦耐劳"且不要加班费，作风勇猛，逮到黑车就把司机扭送到城管部门领奖金，逮一笔算一笔。产生这种合作的原因很复杂，其中也不乏出了事情可以如壁虎断尾求生的意图。

如果刘小兵的失踪和打击黑车有什么关系，最清楚的当然是这些"基层"的路口伏击者。当然，副队长先生并不是真的相信张岩能从"协管"那儿得到刘小兵的消息，他只是想赶紧把这个神经兮兮的女人打发走，况且，他这也不算是随口敷衍呀，确实是第一线的协管最熟悉情况嘛。

至于这样一个弱女子冲到协管头子那儿去会有什么后果，就不在副队长先生的考虑范围内了。

"社会协管人员"和"社会闲杂人员"之间有多少区别，就见仁见智了。总的来说，这些家伙黑不黑、白不白，属三教九流之列，或许私底下还顶着某某帮、某某派的名头，一般人是不会愿意和他们打交道的。

张岩打不了电话，副队长就写了个地址给她。饭都顾不上吃，她就赶到地头，却是一个卖阳澄湖大闸蟹的小店面。问起"石哥在不在"，里面的人说出去了，并不远，就在下条街朋友那里搓麻将。

那朋友就是开"美发店"的，前面店堂里莺莺燕燕、丰乳肥臀，后面小隔间里四个人摆开龙门阵，石哥正输着，哪里有空搭理张岩，让她外面等着去。

张岩等在那些小姐中间，看着她们和老少爷们挽臂而进、扶臂而出，尽管别人说话听不见，也如坐针毡。

她硬是空着肚子坐了四个多小时。

石哥一直没有出来。这太正常了，打麻将惯常要通宵的，就是粘在牌桌上一天一夜也不罕见。这几个小时里，想要点张岩进去"敲背"的客人却不少，每每此时，旁边的小姐就会解释这不是店里的姑娘，不做的。小姐并非真心帮她解围，总是话风一转，卖弄自己的风情，好拉到客人多做笔生意。

直等到夜里 11 点多，进来个喝了点酒的中年男人，死活非要点张岩，别人怎么劝都不听，直接动手就拉张岩的胳膊。旁边那些小姐见客人执着，就转过来劝张岩："进去对付一下，这钱好挣。"久居茅厕不闻其臭，那男人嘴里不干不净，两只手就要上来，张岩甩手就是一耳光，然后逃出店来。这身上的伤痕就是拉扯时留下的。

石哥找不找没有任何意义，他知道刘小兵的下落才怪。我

心里是这么想的，当然不会说出来。而且我既然说了会帮她，现在她找上门来，我当然不能不管。

我告诉张岩，会让警方抓紧调查失踪案，张岩却还是对石哥这条线索念念不忘。我只好答应帮她去问，张岩偏要跟着我，被我好说歹说劝了回去。我一个人还灵活一点，加上这么个倔脾气的女人，多半又会搞砸。

赶到石哥的大闸蟹店，居然还是不在，一夜麻将未归，估计仍在牌桌上。

找到了邻街的美发店，我却在门口徘徊起来。里面的姑娘们眼尖得很，瞥见我来回走动，以为我是个有色心没色胆的初哥客人，开始起劲地搔首弄姿。有个胆子大些的，三十岁许，妆极浓，唇极红，拉开门招呼我："帅哥进来呀，进来呀。"

我侧身而走，那里面传出一阵大笑。

从旁边的巷子里进去，绕到约莫是后门的地方，一扇小窗开着，传出哗啦啦的牌声和粗口，看样子一局刚结束。我扫了眼窗里，看不太清楚，但也无所谓，只要人还在这儿就行，反正我也不认得石哥长得什么模样。

再转回头，正看见有个寻欢客进门。我心里真犯了踌躇，直接进去说找石哥不合适吧，瞧这些女人的模样，准惹一身臊。再说石哥正酣战着，我硬要打断他问东问西，他多半直接找两个小弟把我扔出去。

玻璃后的女人又看见我，便怪笑起来。我心里恼火，走到

一边，拨通了市公安局宣传处的电话。

"我是《晨星报》记者那多。"我先自报家门，然后告诉对方，我们社接到群众的卖淫嫖娼举报，派我深入采访。考察下来，觉得情况可能属实，在潜入采访之前，先向公安部门知会一声。

那边连忙让我先别进去，问清楚了我在哪里，让我等消息。

要是我真闯进去一番暗访，然后写了篇报道，哪怕是发在了内参上，也是在落公安系统的脸面。正常的关系应该是他们行动，我们配合采访，这样的报道发表出来，就是他们的功绩了。所以我这个"知会电话"一打，他们就很会心地通知当地派出所布置行动了。

十五分钟后，我的手机响起，通知我说，当地派出所已经出动警力扫黄，马上就到。

末了他谢谢我们的媒体监督和对警方的支持，我说："这是应该的、应该的，你们出警真是快速呀，你怎么称呼？"

"叫我小林就好了。"

这就是林杰吗？我挂了电话想。

又等了十来分钟，远处传来警笛声。小姐们初时还若无其事，等到警笛越来越响，终于紧张慌乱起来。

两辆警车在店门口停下的时候，我的手机响起。跳下来六个警察，其中一个正是打我电话的人。接上了头，他也没多废话，示意我跟上，就和其他几个警察一起冲了进去，另分了两人绕去堵后门。这警官看我的眼神不善，大约是恼火我通过这

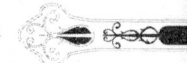

种渠道让他们出警，行动再成功回头也是要被批评的。

我不管那么多，刚跟进去，就听见砰的一声闷响，是通往楼上的敲背隔间的楼梯门被踹开的声音。一楼的小姐们早抱头蹲在地上，留下一个警察看着她们，其他几人直往里闯。

做戏总要全套的，我没急着去麻将小屋里看，反正那几个也跑不掉，先去拍扫黄的现场照片。

急步蹬蹬蹬地上楼，二楼的楼道和楼梯一样狭小，空间都留给了两边的敲背间。左手第一个隔间没人，右边正有一对，女的用被单裹着在床上抖，男的正努力穿着裤子，拉链怎么都拉不上，面色如土，一脸绝望。看他有点脸熟，正是先前大大方方进去寻欢的嫖客。

我举起相机就是一张照片。"别拍脸，别拍脸。"床上的小姐还没什么反应，这男人先喊了起来。

"会处理掉的。"我答。

前面几间还乱着，一个嫖客提着裤子夺窗而逃，跳下去被后门警察逮住还摔伤了脚；另一个六十多岁的男人跪在警察面前涕泪横流地求饶；还有一个光着身子死命用后背顶着门，拨打某个求救电话，打到一半被警察夺去；更有一个手脚快的早穿戴整齐，说"我这就是在正常按摩，你们这是侵犯人权"，然后被警察在裤袋里搜出用过的避孕套，立时蔫下来。这就是活脱脱的人间百态。

回到一楼，打麻将的四人已经被拎出来。其中一个是本店

的老板，被铐了起来，其他三人一个劲地叫屈。

"打麻将总不犯法吧？"

"吵什么，回局里去讲讲清楚。什么不犯法，你们也懂法？麻将台子上那堆钱是干什么用的，当面巾纸啊？"

我看了两眼，插进去问："哎，你是那个小石吧？"

其中一个卷头发的三十多岁汉子立刻应道："哎，是的是的。"

他也不清楚我是哪路人物，这种时候，稻草抓一根是一根。

"城管刘队长和我说起过你，正好有件事情要请教一下。"

"哦，对的，我和刘队长很熟的，我就是帮他们城管执法的呀，我怎么会做犯法的事情。"他说着朝两边的警察摊开手，以示自己的无辜。

那两个警察疑惑地朝我看过来。

我只管抓紧时间问要问的事情，这种时候主客易位，我说什么他都得好态度地回答，且还不方便多问我的身份。

"我有个黑车司机朋友，前些天出去了就没回来，这个事情，你们放倒钩的清楚吗，是不是看见过他？"

"他一般趴哪几个点？"

我把刘小兵经常趴活儿的地方说了。

"那块地方归竹竿和阿迪，竹竿这些天不知跑到哪里去了也没个消息，阿迪就在我店里，要是我现在好走，马上就带你去找他。"

他用期待的眼神看着我，看着我头也不回地出店去，再不

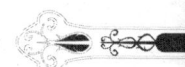

搭理他了。

我在大闸蟹店里找到阿迪，问起抓黑车的事情，他警惕起来，大约是最近这件事闹得太凶，各方的眼睛都紧盯着，所以他们这段时间已经停了一切"业务"。

我又搬出刘队长，阿迪的态度缓和下来，但对刘小兵，他却没有印象，说肯定没有抓过这样一个人。

和我判断的一样，来这里走一遭就是白费工夫，纯粹是为了兑现对张岩的承诺。撤之前我多问了一句："你和竹竿是搭档？他有没有可能见过？"

我只等他说一句"不可能"，就回去答复张岩，让她安心等着警方的调查结果了。

"竹竿……"阿迪挠了挠头，"找不到他了。"

"啊？"我不明白。

阿迪耸耸肩，换了个更书面的词，用轻描淡写的口气说："竹竿失踪了。"

10月19日晚，竹竿在他被划定的地盘上扮作乘客游荡，钓上黑车后，他本该让司机将车开到伏击点，抓人拔钥匙罚钱。

当晚，伏击人员没有等到竹竿，那之后到现在，没有人再见过他。

竹竿的地盘，正是刘小兵惯常兜生意的区域。

刘小兵的失踪时间，正是10月19日。

第三章

消失者们

Chapter 3

头顶的伤还疼着，已经结了疤。

窗外大雨。

热茶自陶壶注入杯中，香气扑鼻。

倒茶的时候，得用手按着壶盖，否则不严实的盖子很容易掉下来。

茶壶的造型很奇特，不方不圆，表面凹凸不平，一瞧就是学徒级的 DIY 自制品，壶嘴上还有模糊的指印子。

"是你自己做的？"我问。

"宝宝做给我的。"

她示意我看杯底，那儿刻着"亲亲公主殿下"。

这一刻，她笑得无比温柔美丽。

"小姑娘羞答答的，内向得很。小兵把她宠得哦，含在嘴里怕化了，什么事情都不让她做。"十分钟前，楼下杂货店的裴老太这么对我说。就是她说的刘小兵准是被城管抓了黑车。当时

我就在心里嘀咕，这老太太说话太不靠谱，满嘴跑火车，她说的张岩，和我认识的完全就是两个人嘛。

可此时，我觉得裘老太的话有几分道理。

茶壶和两个歪歪扭扭的小杯子放在宝蓝色的小圆桌子上。其中一个杯子外壁上刻了张笑脸，另一个刻了张生气的脸。在这整套茶具里，只有一个生气脸的杯子，是给张岩专用的，因为这个小家里能生气的只有公主殿下一个人。公主生气的时候，宝宝一定得笑。

公主在纸上写下"宝宝不能生气，宝宝从不生气"的时候，有一瞬间，她眉宇间隐藏的忧虑和恐惧全都不见了，巨大的甜蜜的幸福感如汹涌潮水，把她整个人都淹没了。这潮水触碰到我心中柔软的地方，潮来如此，潮去也如此。

宝蓝色小圆桌的旁边，是几张巴洛克风格的白漆靠背木椅。看起来昂贵，其实和小圆桌一样，来自旧货商店。买回来之后，把原本的漆脱掉，又用沙皮细细磨过，再重新刷上漆。张岩热衷于为我介绍这一室一厅里的每个角落，每个角落都和刘小兵息息相关。她通过这种方式一遍又一遍地回想、回想、回想。

这样就是新的了，她写道。

"宝宝说，公主一定得用全新的东西。""但我还是和他发脾气，因为我想要真的全新的东西，而不是这些，被他刷得满是油漆味道呢。所以那之后，他每天更早起来出门挣钱，我醒来枕边总是空着的，只有床头柜上有一个盛着热牛奶的保

温瓶。"

"其实闻惯了，觉得也挺好闻。"她深深地嗅着。

"没有油漆味道了，已经全都散掉了。"

我坐在旁边，几乎不知道该说些什么配合她、安慰她，似乎她也不需要我说话。

"他想要存些钱，好生个小宝宝。我常常问他，要是宝宝有了小宝宝，哪一个更宝贝些？他每一次都不会上当的。"

"上当？"我不明白。

她拿起茶杯，把生气的脸给我看，我就明白了。

只有一个人能生气，只有一个人是中心，没有谁可以取代，即便是自己的孩子也不行。

"你们在一起多久了？"我忍不住问。

"3＋4。"她写。

是恋爱三年，然后结婚四年的意思吧。

真的很难想象，这样浓烈的爱恋竟然已经维持了七年。

在得知竹竿和刘小兵同时失踪之前，我和那些警官一样，曾觉得刘小兵的失踪，未必不会是他主动的。不喜欢老婆了，在外面有人了，想逃开这个家过新生活了……但任何人只要踏进这间屋子，都不会再有这种想法。他是那种会为老婆挡子弹的男人，只要有一口气在，爬都会爬回来看他的公主。这话一点都不夸张，瞧瞧这桌子、椅子、茶杯、陶壶，观一斑可知全豹啊。

"他每天清晨出门，中午的时候回一次家，帮我把午饭烧好。

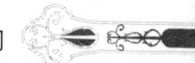

我担心影响他做生意，他说不会的，因为他已经知道在哪些地方蹲点最容易拉到生意，足以把中午的这点时间补回来。"

刘小兵最常守候的区域是张江地铁站附近。这里夜晚的机会最多，特别是末班地铁时，会有许多夜归客，或者没赶上地铁的反方向乘客需要出租车。

那儿就是竹竿的地盘。10 月 19 日晚，竹竿扮作刚下地铁的乘客，上了刘小兵的金杯面包车。时间是 11 点 15 分，这个时间是当晚另一个在场的黑车司机告诉我的，他有些气刘小兵抢生意，并且刘小兵总是这样，一点不讲规矩。

因为是抢过去的生意，所以那名黑车司机，也知道竹竿要去的地方——和我从阿迪那儿问到的伏击点一致。

昨天夜里 9 点 30 分，我从地铁站开始，追寻失踪的两人一车。

竹竿长得瘦长，所以才有了这样一个外号。在石哥手下的这群人里，他不是最出风头的，也不是最不合群的。平时谈得来的人也有三五个，但终究是酒肉朋友。在道上飘着，没人会真正关心你，所以失踪了这么些天，也没有人管，甚至许多人不曾注意到。阿迪同竹竿走得最近，这才有些狐疑，但说到是否真正为他担忧，却也未必。

风很大，雨却迟迟不至。知道了起点和终点，刘小兵的行车路线就大致能确定个八九不离十了。

刘小兵失踪后，被宠在家里当宝贝的张岩像没头苍蝇一样

到处乱撞。她豁出一切脸面，只为让那个从不生气的宝宝重新回来。但她在宝宝的羽翼下过久了，完全不谙世事，一举一动都显得那样莽撞甚至可笑。

这曾经让我对刘小兵的失踪并不太在意，我初时觉得他肯定是因为犯了其他什么事情进了拘留所，后来觉得应该是遭逢突发的恶性事件，比如抢劫绑架之类，好吧，没人会绑架这么个穷小子，但我真的没过多思考这件事情，用大白话说就是没进脑子。这样说显得有点冷血，但这座城市里每天都在发生着无数的不幸，看得太多，难免麻木。

竹竿也在同一时间失踪，这就有点蹊跷了。

真巧呀。

我从不相信巧合。

竹竿上了刘小兵的车，如果一切正常，二十分钟之内，车会在伏击点停下。但刘小兵和竹竿，连同那辆白色的金杯面包车，再也没人见过。

我在地铁站租了辆自行车，顺着那条行车路线，一路问去。

问的是路边夜晚还开张的商铺。

简单得很，如果一切还在常理能解释的范围内——这指的是，只要车不是凭空消失的，就必然存在一个转折点，让车驶离原先的目的地。

比如刘小兵识破了竹竿的身份，两人发生争执后车改向了；再如有第三人强行把车拦下。不管是哪种情况的转折点，都会

让这辆车显得异常，从而给别人留下印象。

整条路线不超过三公里，叫车也就是个起步价。问到一半的时候，我已经没多少信心了。大多数人都会这样回答：两个星期前的事情，怎么可能记得清楚。

直到离伏击点还有一条街远的地方。

那是个生意不错的柴爿馄饨摊头，老板是个扎着头巾的黑脸男人。

"有，见过。"听到老板肯定的回答的时候，我惯性地以为这是和之前许多店家相同的一个回答，直到话在脑子里转了三圈，才意识到我已经找到了突破口。

"就坐在你旁边那张木桌子上，一个高高瘦瘦，一个矮小敦实。那辆面包车就停在路边。怎么样，来一碗尝尝？"老板问我。

这时风里开始夹了星星的雨点，冷冷地砸在额上，嵌入颈间。

"哦，好的。还记得他们长什么样吗？"我进一步和老板确认，白色的金杯面包车不稀奇，别搞错了。

老板把小馄饨下进碗里，开始形容他们的长相。

"矮的那个，额头很宽，两条眉毛密得快要连在一起了。"

眉毛下是一双圆眼睛，微微眯起来，很亮。他的嘴咧着，露出洁白的虎牙，胡子没刮干净，右边面颊紧紧挤着张岩的左脸，伸出一只手揽着她的肩，用力得像要把她融到自己身体里似的。

相片里的张岩努力地扬着脸，骄傲……如公主。相框放在客厅的餐边柜上，公主显然不是个很会收拾家的女孩，但相框周围空出了一大圈，清爽干净。

"很像他。"

我收回凝望相片的目光，张岩正看着我，看得很认真。

早晨 7 点，张岩传短信问我，有没有查出些什么。我醒来后看见，想了会儿，回她说有一些消息，当面说比较好。于是她请我去家里吃午饭。

已经在她这儿坐了快一小时，连说带写，用去了五张 A4 纸。许是感觉出些什么了，她一直没给我说话的机会，而是不停地在聊她和刘小兵。那些生活中琐碎的片段，慢慢地组成一个只属于他们两人的世界。

她也时常停下来，踌躇着、犹豫着、挣扎着。然后在我开口说些什么之前，又把话题岔到另一个地方。

直到此刻。

她愣愣地瞧着我，深深吸了口气。在什么话都还没说出来时，眼泪却已经流出来了。

她慌乱起来，胡乱地把眼泪擦去，猛地站起身，说去给我做些吃的，然后快步走进了厨房。

她在厨房里待了很久，然后端出一碗放了咖喱的煮方便面，一碗番茄炒蛋，一碗炸猪排。

"真香啊，我还以为你不会做菜呢。刚才你说都是刘小兵回

来做给你吃的。"我说。

"宝宝最喜欢吃我做的。"她朝自己翘翘大拇指，以示自己做菜的手艺要远高于刘小兵。

"他要乖很长一段时间，我才会做给他吃。"

"尝尝，尝尝。"

"好吃吗？"

我大口吞着，猛点头。张岩笑着，也大口吃。

两个人闷头吃东西，无话。她吃掉小半碗，停了筷，抬头看我。

"不用吃这么快。"

"好吃呀，我的吃相很差吧。"我冲她笑笑。

"其实不好吃吧。"她忽然这么说。

我一愣。

"我知道其实不好吃，我知道的。"她轻轻摇头。

"我耳朵不好，但是舌头没坏。宝宝做的菜，好吃过我做的一万倍。但他还是喜欢吃我做的，是真的喜欢，和你不一样。"

"哦，对不起。"她向我道歉，"但真的和你不一样。"

我默然，我该说什么呢。

刘小兵，已经不在了呀。他还会回来吗？我可以对她说，我们一定会找到她的宝宝的，就如我对她说，她做的菜很好吃一样。

降临在这世间，我们注定要经受磨难，有些人少，有些

057

人多。

黑面的柴爿馄饨店老板看见刘小兵和竹竿时，就觉得他们许是刚经历了场劫难。

两个人都有些狼狈。一个袖口扯破了，另一个手腕处有抓痕，衣服皱着，像是和谁小干了一架。

两个人吃了馄饨，粗眉毛付的账——也就是刘小兵，然后上车离开。

我再细问，老板回忆说，来馄饨摊之前，那辆车已经在远处停了好一会儿。

如果在之前的某个路段，他们停车和别人发生了争执，肯定会有人看见。但我问下来并没有，那就应该并没有第三人。刘小兵车开到一半识破了竹竿的身份，激愤之下在车里就和他拉拉扯扯争执起来，却憋着不敢真的大打出手。最后的结果，十有八九是给点钱私了。否则走"正常程序"，又是罚钱又是扣车，不值当。气总是要受的，但为了张岩，刘小兵能忍下来。小小市民，但凡有些牵挂，谁愿意和执法队真的撕破脸？

所以竹竿并没把车引到伏击点去，因为钱已经落到他自己腰包里去了。那么他们去了哪里？

如要讨好竹竿，既然请吃了小馄饨，吃完把人送回家，也是正常的礼数。

幸好我从阿迪那里把竹竿住的地方也打听到了。这也算是经验，有用的没用的都问个清楚周全，天知道什么时候哪条信

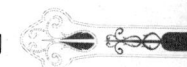

息就会派上用场。

竹竿住在个很便宜的出租屋里，离馄饨摊只有三条街。像先前那样，我一路问去，却一无所获。

没人再记得这辆车。

是我判断错了，他们没往这里来？

竹竿的房子和一条自行车地道紧挨着，不能走机动车，所以开车得绕个大圈子才能到。这圈子可以从两个方向绕，我骑着车两条路线都走了一遍，一家家小杂货店地问，没人记得见过这辆车和这两个人。

我把自行车靠在一棵行道树旁，站在地道上方，点起一支烟。雨忽地大起来，一滴雨落在烟头上，浇熄了火。我重新点着，往下看。

地道有点偏僻，这会儿没什么人经过，半数路灯都灭了，昏暗得很。

远处有灯慢慢近了，是一辆出租车开进来，停在底下。按理这下面是专走自行车和行人的，车不能进。但这是晚上，没有摄像头，更没有交警。在我站的地方十米远处有条台阶，直通地道，对打车的人来说是条捷径。乘客从车上下来，顺着台阶往上走。

所以，很可能刘小兵当时也没绕圈子，直接把竹竿送到了这下面？

不过这下面没店铺，我该去向谁打听情况？

我吸了口烟，沿阶而下。

十多年前，这里在规划中属于镇中心区域，为了避免充分发展起来后的交通拥堵，预先建设了人车分流，下面走人和自行车，上面走机动车。结果地道建成的时候，镇领导班子换了，规划也改了，镇中心移到别处，于是上面的车行道就没再继续投资建设。到今天，这儿倒成了个交通遗留问题，地下不能走车，地面的小路被周围居民搭了许多违章建筑也不能走车，拖累得附近的房价一直都上不去，成了发展滞后、不受人待见的角落。

出租车已经掉头开走，地道里除了我，一个人都没有，空空荡荡。

因为只有半数路灯亮着，其中有些还明灭不定，让地道看上去黯淡阴森。我走进桥洞，虽然这样淋不到雨，但感觉并没好多少。这种地方天然聚集着恐怖的气息，走着走着，就会让人忍不住回头去看身后有没有别人跟着。

地道的两侧墙是黄色的，很脏。上面有些随意的涂鸦，应该是在这儿过夜的流浪汉们的作品。我边走边看，要是曾在这里发生什么古怪的事情，没准会有些痕迹留下来。好吧，那已经是两周前的事情了，我其实并不抱希望。

没走几步，我意识到自己的小错误，便掉头往回走。那道阶梯入口在桥洞外，所以刘小兵也不会把车开进桥洞，而是停在和先前出租车差不多的位置，如果曾发生什么，也是在那儿。当然，这意味着我又要回到雨里去。

阴森的气氛让雨落在身上多了几分寒意。也许是这里的环

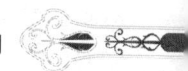

境使然，我越发觉着，刘小兵和竹竿的失踪有说不出的古怪。两个人唯一的交集就是在同一辆车里坐了半小时，吃了碗小馄饨，为什么会一起失踪呢？我试着在脑海中还原当天夜晚的情景，上车，识破后争吵，和解，吃小馄饨，再次上车，然后在某地方遭遇无法逃脱的变故！

哦，我想我找到变故了！

一处撞击的痕迹，就在离阶梯口不到五米的墙上。我摸出手机，用屏幕的光把这处痕迹照得更清楚些，没错，白色的油漆印，这该是车漆，不新不旧，时间也大概能对上。

我蹲在地上，用手机照着仔细地看，尤其是地面的缝中。或许是时间过去太久，没发现想象中的玻璃碎渣。这让我犹豫起来，这墙上的白印真的是那晚刘小兵开车撞上留下来的吗？

我再回头看撞痕，却意识到以此推测，当时的撞击其实并不严重，也不可能使车内的人受到较大的创伤。甚至当时根本就没有碎玻璃散落一地，否则掉进地缝里的玻璃屑不是那么容易被清理干净的。

所以，即便刘小兵在这里出了个小车祸，两个人也肯定还有清醒的意识和良好的行动能力。让他们失踪的不是撞车，或许……是导致撞车的原因。

我绕着撞痕一圈圈地兜，想再发现些其他线索。我甚至仔细研究周围的涂鸦画，但是没用，只有这一处痕迹能和刘小兵扯得上关联。

我越来越焦虑。一定漏掉了哪里，因为我总觉得有地方不对劲。

什么地方呢？

我环顾四周：空无一人的地道，昏暗的灯光，处处污渍的地道墙……我错过了哪儿？

我突然回头，回头看桥洞下。

什么都没有。

我摸着下巴，在雨里转了几个圈，又疑惑地往桥洞下看去。还是什么都没有。

可是，怎么会什么都没有呢？我明白自己的古怪感觉来自哪里了。

这是座让我印象深刻的桥，我相信背后一定有个完整的故事。

整座桥都是金黄色的，很明媚。桥下有水，水中有鱼。都是用蜡笔画成，笔触有点粗，有点幼稚，非常可爱。

桥的一头站着个小男孩，一头站着个小女孩。小女孩的那边有五彩的祥云，有花有草有蝴蝶有小鸟，小男孩那边就单调了许多，只是手里捧着好大一团的……

"他手里是什么？"我指着问。

"棉花糖，我最喜欢吃棉花糖。"张岩说。

这是一本厚厚的大簿子，每一页都填满了，有的是画，有

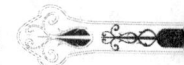

的是文字，更多的是画加上文字。

簿子的扉页上写着"公主的睡前故事"。因为是睡前听的，让张岩再读唇语就太累了，刘小兵都是画给她看的。很多时候，刘小兵回到家里太晚，公主已经睡着了，他就会把欠下的故事画到本子上去，因为常常半夜里公主会把他摇醒要求补故事。

实际上，即便不是讲睡前故事，只是平时的交流，刘小兵也是尽量用笔而非用嘴。对他来说，能体贴十分，就不会只做九分。所以像这样的簿子，有整整一橱。

没人能想到，刘小兵会对张岩这么好，就连彼此的父母都想不到。

刘小兵是武汉人，家境很不错。张岩没有对我说得很清楚，只说他家有好些套房子，这便足以说明许多问题了。张岩是上海人，家里谈不上有多困窘，却也是很清贫的普通百姓人家。两个人走到一起，双方家里都是反对的。刘家当然不希望儿媳妇是残疾人，张家则不相信刘小兵会真心待张岩一辈子，万一过几年两人离婚，失聪加离异，再找第二个男人就难了。

所以他们就和自己家里断了关系，独立打拼。他们想着再过些年，等时间向所有人证明了爱情之后，自然能被家里重新接受。

"我是不是很傻？"张岩说，"我什么都不懂，一个人什么都做不了，宝宝不见了以后，我才明白自己真的很没有用。"

"你已经做得很好了。"我说。

"你知道吗，我听不见你说什么，我是用眼睛看的。所以，我可没那么好糊弄。"

我尴尬地咳嗽。

她低下头，一页页地翻那些厚本子，速度忽快忽慢。从前的片段纷至沓来，光阴都停在这些纸张上了。

"我知道你有些事情要告诉我。"她说，"但我需要些勇气，更多更多的勇气，才能听你说。真的很谢谢你，一早就来了，却等了这么久时间。你们记者一定很忙的吧，有许多重要的事情要采访吧？"

"哦，其实没什么。对我来说，现在你的事情最重要。"

张岩笑了："这看上去倒像是真的呢。我想，我准备好了。不管怎样，不管宝宝去了什么地方，我都得找到他。他一定没出事，他一定在什么地方等着我。我准备好了。"

她把本子合上，手用力地压在封皮上，手背变得苍白起来。这股苍白从手一直蔓延到额头。

"你说吧。"她抓起最厚的本子，抱在胸前，盯着我说。

阳光从窗户照进来，雨还在稀疏地下着，成了罕见的太阳雨。太阳完全从云后出来的时候，光移到我眼睛上，刺得我闭起眼。对面的张岩化作一个有光晕的黑色轮廓，就如昨夜的桥洞。在我醒悟的一刻，那桥洞的形象拉长扭曲，就像此时映入眼帘的一团光影，不可捉摸。

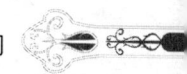

桥洞下，地道里，没有人。

这就是让我觉得不舒服的根本症结。

因为不该没有人的。

即便是在这样的时间。

或者说，在如此的深夜，这地道里反倒该有人在。

那些在地道墙上画了许多涂鸦的流浪汉呢？

大多数的国家里，城市越是大，越是现代化，流浪汉就越多，中国也是如此。城市居民的收入高了，施舍给他们的钱就多了，于是就能"养"起更多的流浪汉。

这些流浪汉白天在各个繁华路段行乞或者编些奇怪故事要钱，晚上当然不会去旅馆，有个能遮风挡雨的地方就行。这样的地道桥洞，尽管是在浦东不那么繁华的地段，也该有流浪汉把它作为夜宅才对。错了，不是该而是肯定，看看涂鸦就能知道。

可是现在没有一个流浪汉，地道里空空荡荡的，这是怎么回事？这绝对不正常。

我像没头苍蝇一样在地道里来回兜圈子，雨湿了衣服，冷得发抖。

也许是偶然，也许只是今天没有流浪汉，平时都会有，也许……但在这样一宗古怪的失踪案里，任何的偶然、任何的也许都不能小觑。

为什么这里没有流浪汉安家？谁能为我解答这个问题？

我跑出地道，飞快地跑到台阶上去，跨上自行车，顶着雨

向前飞快地骑。

我不确定自己的目的地在哪里，只是在周围的街上绕。我得找到另一个桥洞，熟悉流浪汉世界的只有流浪汉自己。我得找到他们。

大约七八分钟后，当我把车放倒在一处高架桥下闸道边的绿化带旁（必须得放倒，否则风也会把车吹倒的），深一脚浅一脚地踏过草地往闸道桥洞走时，头发已经湿得可以拧出水。

桥洞下照不进路灯的灯光，黑影绰绰。我走得近了，看见里头果然有人。是呀，这样的地方，本来晚上就应该有人的。

两卷破席，一个大背包，一条麻袋，两个人和衣而卧。

风雨夜，所以我快走到的时候，他们才发现有动静。一个人站了起来，警觉地看着我，另一个许是已经睡得迷糊，原本弓着背背对着我，现在转了个身，却没起来。

我是有准备的，摸出烟来。这是先前路上在超市里买的，扎在塑料袋里，原本身上的烟早就湿作一团了。

那站起来的汉子沉默地看着我，不开口。我进了桥洞，停在离他们七八米远的地方，抛了两支烟过去，说："有火没？"

这汉子看着我额上的雨水直往下滴，模样比自己更不堪，又低头瞧烟，没去捡，开腔说："你来借火？"

河南口音，带着浓浓的疑惑与警惕。

旁边响起窸窸窣窣的声音，汉子歪头一看，却见躺着的同伴已经捡起烟点着火抽上了。

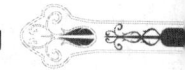

"借个火。"我扬扬手里的烟，笑笑，却不知黑暗里他是否能看清我的笑容。

汉子想了想，蹲下来，捡起另一根烟放在鼻前嗅嗅，夹在耳后，把火机抛给我。

"谢谢了。"我接了火机，点了烟，连着整包烟，一起抛回去，并没再走近。

"抽完我就走，顺便问个事。"

汉子还是冷冷地看着我，拿了我的烟，却没放松丁点儿警觉。这也在理，我的模样虽然狼狈，但并不像是个流浪汉，正常的城里人，平时谁愿意多搭理流浪汉呢。而在这样的雨夜，一个陌路人突然间闯到这儿来，能不让人提防吗？

"你知道……"我有点担心他们不清楚正式的地名，迟疑了一下，"在东南面，有一条专走自行车的地道，叫……"

他们的神情姿态忽地变了，等我说出自行车地道的名字时，那个一直睡着的汉子一骨碌跳了起来，而原本站着的汉子"啊"地大声惊叫，竟拔腿就跑，头也不回地奔进雨里。

我傻了眼，见那跳起来的汉子像是也要跑，急忙冲上去拉住他。

这是个下意识的不理智的动作，如果我有时间想一想，肯定不会这么干，因为太容易引发肢体冲突了。但那时候哪儿有空多想，一把就抓了过去，正好揪住他后背的衣服。这汉子"啊呀啊呀"地怪叫，一副惊骇过度的模样，却根本想不到回身

揍我，只顾着拼命向前跑，试图挣脱我。

我这时根本顾不上思考为什么这两个人听见那条地道就惊恐到如此程度，抓着汉子的衣服，却被他拖着踉跄向前。

"等等，别跑。"我喊着，另一只手又抓住汉子的手腕。他发了狂似的挣脱，眼角瞥见一个人影从雨里跑进来，可能就是先前冲出去的那人，我心里一凛，未来得及做出反应，抓着的汉子脚一软倒在地上。这种时候都是下意识的反应，于是我弯腰去拉他起来，耳边却起了股风。风刮过耳根儿的时候，头上已经挨了一击，还没感觉到痛，就晕了过去。

我是被水泼醒的。

头顶上火辣辣的痛，一直痛到里面，仿佛脑子也被打昏了。睁开眼睛，见到两张离我很近的脸及一个飘着火苗的打火机。

"醒了醒了。"

"还好还好。"

火机熄灭后，就几乎没了光线。还是在夜里，且听见雨声了，所以我没有晕太长时间。

不太熟悉的语调，噢，是河南口音。嗯？就是先前那两个人，刚才是哪个打的我，左边这张脸，还是右边这张脸？分不清。

我动了动，想爬起来，左边的脸连忙扶我。他自己是蹲着的，被我手一推，差点倒在地上。我自己摇摇晃晃地站起来，瞧见个塑料盆在地上，然后感觉到脸上像是沾了很多泥沙。他

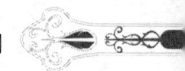

们用来泼我的水，是雨水，还是积水？

"真是对不住，记者老师，对不住啊，记者老师。"两条汉子也跟着我站起来，一个劲地道歉。

"你们……怎么知道……"

"哎哎，我们翻了你的东西，看见名片了。"

"是他翻的，他翻的，这人手贱得很。"另一个说。

我用手摸摸衣服内袋，好像皮夹的位置有些不一样。

"我们什么都没拿，不会做那种事情的。"

"刚才……是你打的我？"我眼睛在两人身上晃了晃，看着另一个说。然后我四下里张望，瞧见了凶器——一根方形的长木杆子，像是哪里剩下的建材。

"对不住啊，我们被吓惨咯，以为你就是那个鬼，又没看见影子。我本来已经跑掉了，想想不能扔下阿三不管，就回来救他。哦，呵呵呵……"他说着说着觉得不合适，干笑起来。

没影子？我瞧了眼自己脚下，模模糊糊看不清影子。不过晚上在这样一个没星没月没路灯的地方，能瞧见影子才怪，他们倒不看看自己有没有影子。

"什么那个鬼？"我似乎听到了一个奇怪的名词，于是撇开这个愚蠢的影子问题不管。

"哦，就是，那个地道。"他的语速明显缓了下来，旁边的阿三轻轻耸起肩膀。这是个不自觉地保护自己的小动作，从行为学上说，一个人害怕或者想逃避什么的时候，常常会耸起肩好让脑袋缩起来，像受惊的乌龟一样。

我心里却生出些许欣慰，折腾了大半夜，骑了几十条街，淋了一身雨，最后还被敲了闷棍，总算开始有收获了。我对鬼什么的并没当真，但那意味着，曾有不同寻常的事情在那儿发生过。

"都说那地方有鬼，没人愿意待在那儿，传得可神了。"

"能说说吗，有多少人见过，什么样的，出了什么事？"我问。

阿三又"呵呵"了一声。

"没人见过。"

"因为敢住在那儿的人，最后都会不见。"

"被鬼抓去，迷走，吃掉，谁知道？反正他们都不见了。"

头顶又一阵痛，像是有谁在撕开我的头皮。

刘小兵不见了。原来和刘小兵、竹竿一起不见的，还有许多流浪汉。

许多是多少，几个，十几个，几十个，甚至更多？没人能统计清楚，这些无家可归者从来都是生活在视线之外的人。

张岩看着我。

雨停了，太阳照在小几上，几上的茶已凉了。

"宝宝没事的。"她说。

"就算真的有鬼，宝宝也会没事的。我会从鬼那里把他抢回来。"她说。

第四章

守密者

Chapter 4

"这是个大案，王队，这是个大案啊。"

"那多，那记者，那些乞丐，那些流浪汉，流动性非常大，是吧，否则怎么叫流浪汉呢？今天他们住在这里，明天就可能住到那里，或者扒了火车离开上海都说不定。没有尸体，没有目击者，也就没有任何证据能说明他们失踪了、出事了。你看，其实连报案人都没有，你这严格说来也不能算是报案人，因为根本还没有案，没证据说明有案子，告诉你的那两个流浪汉也没证据，都是揣测之词。"

这是在市刑侦队的一间办公室里，王队很客气地敬了根烟给我，但对我说的事情却明显并不上心，而且不让我看出来。

倒退回去七八年，我刚当记者，还是个初出茅庐的愣头青的时候，碰到这样的事情，可能就会兴冲冲地向报社申请一个深入报道计划，混到流浪者中间待上一个月，好好盘盘这事的底，顺便捎上一篇至少两个版的上海流浪人群生存报告。不过

现在嘛……说自己年纪大了实在有点可笑，但确实没有那时的劲头了。大多数时候，我惯于借用各种助力来达到目的，而不再亲力亲为。

说得好听些，人是学会借助工具才得以为人的，年轻时什么关系都没有，只能自己赤膊上阵，现在就不同了。其实我也知道，是自己懒了，在红尘里打滚久了，消磨了锐气。很多毛病，知道不代表能改掉，就如我的废话随年纪的增长越来越多一样，关于调查失踪案，我压根儿就没想过扮流浪汉打入内部，而是找了个几年前打过交道的警官，现在他已经升到了市刑侦队支队长了。

"我看，你要么还是去当地的派出所，他们熟悉地头，可能知道些什么呢。"

我苦笑："不瞒你说，来你这儿之前，我们跑公检法的记者就帮我联系了他们的副所。人家说，如果我报的案属实，一样还得归刑侦队办，他们没办法听我白话两句就展开调查。"

"你听听，你听听，还是证据问题呀。我说，如果是你自己的什么亲戚朋友出了事，就算没有证据，我也帮你这个忙了。现在，怎么说你呢，真有社会责任感呀。"

"嘿，你这话说的。"

"那我和你掰开来说明白，你关心流浪汉群体当然是有责任感的好事情，但我们每天有多少刑事案子要办，你是知道的。那些都是实实在在有人伤亡、有人报案的，而且社会危害性都

比——好吧，我先假定真有流浪汉失踪了——都比流浪汉失踪危害大吧。于公于私，你自己说说，我该怎么选？"

我哑口无言，猛吸烟。

王队不依不饶地接着说："流浪汉群体，我们关注的不多，尤其是收容站制度取消之后，了解得更少。你现在这个案子，只有些传言，一点真实信息也没有，让我们无从下手。也就是说，真下手查得耗费大量的警力，从头开始摸、开始排查。我们的警力资源一直很紧张，这么大的警力用在这上面，从社会的安定效益上讲，肯定远远不如放在其他地方。到时候查出案子也没功劳，查不出来，哈，谁拍板查的谁倒霉。"

他拍拍我的肩膀："还是那句话，要是你的私事，我一定帮。这件事情，不值当的。"不知道这不值当指的是我，还是他自己。

"我跑到派出所，被弹到刑侦队，跑到刑侦队，又被弹回派出所，总之就没有人愿意花力气查。见鬼，这可是群体失踪事件！"

"不好意思纠正你一下，群体失踪事件指的是一群人同时失踪，你这个应该说是连续失踪事件。"梁应物拿起杯子，轻轻晃了晃，喝了一口。好像杯中是红酒似的，其实却是热巧克力。

我和梁应物有阵子不见了，约在铜仁路上的某酒吧。他面带倦色，皮肤比我印象里黑了三分，也粗糙了些，仿佛在沙漠

里待了几个月似的。我确实有几个月没联系上他，但并不打算寻根究底。早些年我会问的，现在我的好奇心被时间打磨掉许多，或者说，我学会了在某些时候克制自己的好奇。

我们坐在酒吧里最安静的角落，但依然需要提高音量说话。

"为什么不换个安静的地方？"我问。

他却感叹起来，指指外面的男女，说："你看他们，最小的比我们小十岁吧。这几天我想闻闻人的味道，这儿对我正好。"然后他叫来侍者，点了杯热巧克力，奇怪的是这酒吧里真的有。

"补充能量？"我笑着问。

"好喝。"他正经回答。

所以我也要了一杯。侍者走开的时候，一定觉得我们是两个怪人。

我和他扯了几句闲话，说起我对太岁的忧虑，又提到了公主和宝宝的故事。

"好吧，是连续失踪事件，这还不够严重吗，竟然没有人关注，谁想得通，你能想通吗？"

我瞪着梁应物，他还是一副不温不火的样子。

我忽地泄气。

"好吧，其实我也想得通。"我说，"没人关心流浪汉，路上见了都避之不及，我也好不了多少。流浪汉失踪了，除了流浪汉没人关心，甚至流浪汉们也不关心。对于市民来说，城市里的流浪汉总是越少越好，不管他们是因为什么原因少的。警方

也没错，他们有大把的案子要查，那些案子就像是社会的毒瘤，而流浪汉们，他们就像是在另一个世界，多一个少一个没人知道，用脚丫子想都知道他们该把精力放在什么地方。这些都他妈的是道理，但我怎么就不舒服！"

"因为道理是道理，人情是人情，向来就是两回事。但这个世界没了人情还可以运转，没了道理就不行。"梁应物说。

"没了人情也转不动！"我说。

"也许。"梁应物不和我争，这让他怎么瞧都那么讨人厌。

"但是，失踪的不仅仅是流浪汉，还有竹竿和刘小兵呢！"

"竹竿是个社会闲散人员，刘小兵是个黑车司机，在这个社会里他们的地位比流浪汉更重要，但重要的程度有限。如果刘小兵恢复他的另一个身份，那就不同了。他的父母，他的家庭是这个社会的核心成员，是值得警力投入的地方。"

"暂时还恢复不了。"我有些丧气地说，"张岩不想惊动他的父母，那样的话，刘小兵就算找回来了，恐怕也得和她分开。"

"那么是把人找回来更重要，还是两个人在一起更重要？是人命更重要，还是感情更重要？"

"见鬼，你给我做什么选择题？"我再次瞪他，"如果张岩意识到她必须做选择，她最后一定会通知刘家的。但现在不是还没到那一步吗？我这儿还在帮她想着办法呢。"

"那除了从这个警局跑到另一个警局，你还想了什么办法？"

"我找了几个附近的流浪汉，做了点调查。不管相不相信，

大半都从其他流浪汉处听说过那个地道，流浪汉有他们自己的世界。"

这样的传言，当然不可能精确，甚至连失踪事件是从什么时候开始的，也没人能说得清楚。

有人说三年前，有人说五年前，还有人说十五年前。实际上，那座地道才造了十三年。

关于失踪的细节，有人说必是雷电交加、大雨倾盆的夜晚——这是把我揍晕的那两兄弟说的；有人说见到游离的火光；有人说消失者留下了沾染血渍的随身衣服；还有人说失踪后连续几天夜里地道中会响起失踪者的说话声……总之，极尽恐怖诡异之能事，但都非亲眼所见、亲耳所闻，而是道听途说。鉴于他们对第一起失踪案件时间上的巨大分歧，这些离奇传言的可信度可想而知。

根据我的分析，失踪事件已经持续了至少一年以上，鉴于流浪汉们的生活习惯，找出确切时间是不可能的。

在流浪汉群体中，也有领地概念。白天在什么区域活动，晚上在哪个桥洞里睡觉，都是相对固定并且彼此泾渭分明的——至少晚上是这样，混居的情况很少。

打晕我的那两人之所以同住一个桥洞，是因为他们本就是亲兄弟，一家人当然住在一起。有时候同乡出来的血缘很近的表亲，也会住在一起彼此照应。但除此之外，流浪汉都各有地盘，并且排斥他人的入侵。除非地方特别大——失踪地道其实

就算——才会偶见两个或两个以上的流浪汉同时居住，通常这种居住在同一区域，领地相互覆盖的情况并不会持续很久，过不了多长时间，其中之一就会因为这个或那个原因离开，另找住处。

所以失踪事件被发现，必然有一个过程。我想第一宗案件发生后，由于现场没有留下任何痕迹，所以几天后，下一个发现失踪地道无人居住的流浪者会以为原"主人"返乡了，兴高采烈抢着住进来。估计直到第三、第四个人失踪后，才会有其他流浪汉觉得异常。再失踪几波人，就会有诡异的流言传开。然后会有很多不信邪的人跑去住，失踪事件继续发生，直到没有人敢住为止。

其实就在一个多月前，还有个找不到工作舍不得住旅馆的泥水工，自恃胆大，阳气足，百邪辟易，住到失踪地道里去。只一个星期，人就没了，活不见人、死不见尸。

我听说过最多有同住的两人一起失踪，以一年半计，平均每个月失踪一个人，就已经有近二十人消失。实际的数字肯定比这更多。

虽然这件事情在流浪汉世界中，几乎人尽皆知，但没有人认真调查过。流浪汉和流浪汉之间的关系并不会太亲密，彼此都有着一分提防，谈得来的，也多是因为同病相怜，所以没有人会冒着搭上小命的风险调查失踪真相。实际上，不管失踪地道里有什么妖魔鬼怪，也不会对整个流浪汉世界造成影响，只

是别住在那儿就行了，不是吗？

所以王队的预见完全正确，如果警方真的要查，搜集线索恐怕费时费力，难。

"那接下来呢，你打算怎么办？"梁应物问我。

"还没想好。"我看了他一眼说。其实我有点希望梁应物可以伸出援手，但看这意思……我话到嘴边又吞了回去。

"你知道我现在最怕什么吗？"我问他。

他笑笑。

"我最怕张岩又冲到报社来，或者是发短信来，问我有没有找到她的宝宝。我有点过低估计这件事情的难度了。"

梁应物又笑笑说："不是你过低估计这事的难度，而是你过高估计现在的自己了吧。"

"怎么说？"我不明白。

"你刚才说的那些，是问了多少流浪汉以后总结出来的？三五个？"

"六七个吧。"我耸耸肩。

"其实还有另一条路不是吗，你装成流浪汉，混在他们中间，待个十天半个月甚至更长，接触上百个流浪汉，从他们嘴里打听关于地道的事情。也许你会碰上亲历者，也许你会碰上目击者，也许你会碰上直接接触过失踪者的人，也许你会碰上在那儿住过一小段时间却没失踪的人。无论如何，都要比你现在接触六七个人后下的结论更靠近真相。很多年来，你一直走

的就是这条路吧。"

我恼火起来，我知道他说的有几分道理，但这更让我生气："可是那样就有用吗，你确定？"

梁应物喝了一口热巧克力，说："我当然不能确定。但你现在看上去一筹莫展不是吗，再说，你难道向来是个确定了再去做的人？"

"你是说我变了？"

"人总是要变的，不是吗？"

"见鬼，我为了一个素不相识的人去找流氓头子的麻烦，淋着雨跑了大半夜，在刑警队和派出所两头来回跑，四处找流浪汉搭讪，结果证明我变了。因为我不打算风餐露宿和流浪汉们勾肩搭背，就该被你指责？哦，谁找不出点道德瑕疵，可是你什么时候开始做审判者了？"

我的音量大到盖过音乐，有几个人往这里瞧了一眼，但仅此而已。

梁应物反倒笑起来："哈，你心虚了。我们都已经过了那个觉得靠自己一个人就能拯救全世界的年纪了。我并不是建议你混到流浪汉群里去查这件事，更不是指责你。我只是说，我们都变了。"

"所以你也变了？"

"当然，谁能不变呢？"

我愣了一下，一时无话。过了片刻，我说："这事情从里到

外都透着古怪的味道，我本来是想，你这里能不能帮忙查一下。你们和警察不一样，不用考虑对社会安定的破坏性有多严重，只要足够古怪就行。"

"你知道我们是研究机构，这种事情，专门调查特异事件的特事处更合适。你不是认得郭栋吗？"

"别提了，他现在一副官腔，求他办事情，不定拖到什么时候。用你的话说，他也变了。要说你们X机构……"

梁应物向我做了个压低声音的手势。X机构的存在对公众来说是个秘密，他们内部肯定有类似禁止在公共场合谈论的条例，至少要屏蔽敏感词。

"噢，X机构X档案，大家都看过美剧。"我可不在乎这些，现在本人的心情正不爽，"我相信你们最初的确是纯粹的研究机构，成员也都是你这样的科研者，但那么多年下来，那么多资源集中到你们手里，越来越多的特权，即便这些都是为了研究，但最终的结果……我没有必要细说了吧，我们都不是毛头小伙子了，都知道资源和权力的过度极中，会带来什么必然的结果。"

梁应物"嘿"了一声，侧了侧头，没有反驳。

"你自己呢，不再是个纯粹的实验室动物了吧？"

梁应物摆了摆手，灯光黯淡，看不清他的表情。

"牢骚发完了？"

"呵，哈。"居然被他说成是发牢骚，我一阵不忿，"回头我

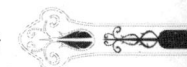

就向报社请个长假，去卧底当流浪汉。我这也不是发什么善心、有多高的觉悟，我这就是满足一下自己的好奇心。你要是在路上瞧见了我，给我碗里多扔点硬币。"

梁应物指着我大笑起来："我不是毛头小伙子了，我看你倒是还像，真不经说，一说就冲动。"

我虎着脸，三秒钟以后也开始笑起来。

"但你不是说真的吧？"他问我。

"怎么？"

"我知道你有同情心泛滥的时候，也知道你一直好奇心泛滥，但就像我刚才说的，没人可以独自拯救世界，没有谁是超级英雄。所以很多时候，你要明白重心该放在哪里。"

"那你说我该放在哪里？"

"人嘛——"梁应物话说到一半停下来，像在想着什么。然后他喝光杯中的热巧克力，用纸巾拭拭嘴角。

我盯着他，梁应物很少对我说这类话，不知道他最近碰到了些什么事情。

"对张岩来说，她生命里最重要的就是刘小兵，所以刘小兵出了事，她可以豁出一切去查。"梁应物说，"要是她家楼下杂货店的老太太出了事，她会这样吗？"

"当然不会。"

"那么这说明她道德上有问题吗？"

"当然……不会。"

"王队不是也和你说，如果是你的私事，他就会帮这个忙。他这么讲，你也完全可以理解的吧。"

"嗯，但你到底想说什么？痛痛快快说出来。"

"我想说的是亲疏。如果一个医生全心扑在工作上，只顾开刀救人，结果老婆病死在家里，即便会受到大多数人赞赏，但他自己一定会后悔的。很多时候，哪个更重要，在于哪个更亲近。为别人而活的是圣人，人类几千年来出过几个？其中又有多少是经过后人美化的？我不是圣人，你是吗？"

我没想到他会说出这样一番话来，并不是很中听，但我知道是大实话。

"我想，对现在的你来说，最重要的是何夕，是把太岁的事情搞清楚。嗯，如果你真要去查太岁，那么在正式动手以前，你最好能和她好好地聊一次，相信我，你需要这样的机会。至于失踪事件，看你还能剩下多少时间、精力了。我不是让你去深入调查失踪案，也不是不让你去，你自己掂量着。"

"我们都变了。"我说，"我得喝点酒。"

"得了吧，你一沾酒精就醉，我可不信你连这点都会变。"

"人总是还得有点不变的东西嘛。"

我终究没有喝酒，提了要梁应物用 X 机构的力量查一下失踪案，他应着，但让我别抱太大希望，除非真的发现了什么，否则他也不能动用太多的力量来查。

当晚我和何夕通了很长时间的电话，有时候是她在说我在

听，有时候是我在说她在听，有的时候都不说话，却也不觉得奇怪。

"你今天有点奇怪。"她在电话里说。

我没回答，她也沉默。

然后，我想她一定在电话里听到了脚步声。

"开门吧，我带了重辣的麻辣烫当夜宵。"

醒来的时候，头很痛。我想是昨天喝酒所致，又好像并没喝。眼前的天花板是陌生的，身边没有别人。

昨天夜里，我们完事后好像有那么段时间，平躺在床上，挨在一块儿，看着黑暗里模模糊糊的天花板说话。当然，我看不见她是否和我一样也睁着眼睛，我想是的。我们似乎谈到了太岁，谈了什么我竟然记不起来。也可能是我一直想谈，这么想着的时候，就睡着了，然后在梦里谈的。我能记起来的，是睡着前，我拉着她的手。

她可能八点以前就去警局上班了，这样算来才睡了不到五小时。她常常在解剖室里一待待一整晚，第二天依然精力充沛，黑眼圈都没有。我比不了，她在许多方面是非常人的。我是说，真的非常人。

没留什么纸条，这不是她的风格。在早餐桌上有一杯凉了的咖啡，看样子是她为自己煮的时候顺便多煮了一份。这也不像她的风格。我微笑。

我给张岩发了条短信，然后出门。

短信主要是安抚一下张岩的情绪，告诉她我一直追查着。她没有回。

大约在十一点二十分，挂着"宣传处"牌子的门开着，我敲了敲，然后走进去。

左侧办公桌后站起来一个黑瘦精干的男人，问我是不是那多。这就是林杰了，我来之前电话里和他约过，并没说具体什么事情。

他和我握手，动作干脆有力。然后他谢谢我对色情发廊的举报电话，大概他以为我就是为这来的，其实我都不打算真写什么稿子。

一起吃饭吧，我说。他愣了愣，然后笑说这儿食堂的伙食很不错的。一个完全不熟的客人在饭点跑过来，在主人开口邀请吃饭之前就反客为主，确实让人别扭。当然，我接着说一起去外面随便吃点的时候，他就明白情况和他想的有些出入。

他犹豫起来。我在他开口答应或者拒绝前说："其实我们好像从前是见过的，我去过特事处好几回呢。"

我并不真的记得。

"我已经离开那里很久了。"虽然答应了吃饭，但一起走出去的时候，他随口说，用不经意的语气。显然他在表明态度，吃饭随便聊聊可以，但关于特事处的事情不想谈。

只是如果不谈，我来干什么。我们找了家小韩国料理店坐

下，点了两份石锅拌饭和几份小菜，我便直入正题。

"听说当年脑太岁控制了江文生逃走，是你追查的。"

林杰正把一块泡菜夹到嘴里，嚼了嚼，拎起茶壶给自己倒上茶，又给我倒了，拿起小茶杯抿了一口，似是觉得水太烫，放下杯子，淡淡地说了句"不是"，又去夹小碟里的花生。

"怎么会不是？"我诧异地说，"甄达人告诉我说，你负责追查江文生，任务完成得很圆满，几乎是特事处建处以来办得最好的案子了。"

林杰嘴角向上翘翘："是吗？"

"实际上，郭处同意我看了你写的调查报告，很精彩。我是说，你查得很漂亮，尤其是对寄生代价的推测。"

恭维话一句接一句地从我嘴里冒出来，谁都喜欢听夸奖，我就好好哄哄他。再说，他的确做得很漂亮。

林杰的嘴角依然挂着那种奇异的带着讥诮的笑容，但只是听着不插话。然后，开始吃起石锅拌饭。

我看他把整个头都凑到了大碗上，觉得自己像个傻瓜，只好停下来。

林杰抬起头看看我，说："那么，你已经看过报告了，还有什么好问的？"

"我想了解些细节，而且我相信一定还有没写进报告里的东西。"

"有保密条例的。我想你该知道。"

"但是……"

"也许有些事情，郭处可以告诉你，甄达人也可以告诉你，但是我已经离开特事处，我如果违反条例，就会有麻烦。"林杰打断我说。

"你的意思是，的确还有报告里没写到的东西？"

"没什么意思，你也不用东猜西猜的。我离开处里，就不再提处里的事了。好几年过去了，该说的不该说的，也都差不多忘干净了。"

说完这句，他又低下头吃饭，看样子是不打算再和我多说了。

"既然你这么严格遵守保密条例，为什么告诉你老婆？"这完全是我在胡猜，可能性却不是没有。天天同床共枕的最亲密的人，有什么秘密能守住？再说他老婆和他离婚，而后他离开特事处，这之间会不会有什么关系呢？反正现在我好话说尽，只好反过来再刺激他试试，看会不会有什么效果。

林杰忽然站起来，把我吓了一跳。他居高临下地盯着我，然后扔下吃了一半的饭，转身离去。

我张着嘴，看着他推门而出。真是……太失败了，我在心里说。

林杰的态度固然决绝，我却并不觉得自己全无收获。

因为他的表现很不正常。

我和特事处的关系密切，林杰不可能不知道。尤其我已经点出，郭栋让我看了他写的报告。郭栋现在是上海特事处的一

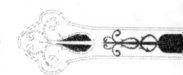

把手，他让我看了这份绝密材料，表示的就是一种态度。就算林杰真是个嘴极严的人，从人情世故上讲，他也该婉转地拒绝，而不会表现得如此生硬。

再说，林杰现在做的是宣传工作，而我之前和林杰电话交流时，也并不觉得他是个不通人情世故的人。话又说回来，好警察，会不通世故吗？

所以，此事必有隐情。

真的让甄达人说对了？

所谓的圆满解决，其中有着不可告人的秘密？

脑太岁到底是什么下场，它真的死了吗，会不会有一天，亡者归来？

我必须得搞清楚，越快越好。

林杰的前妻也姓林，叫林菲菲。她剪了头齐耳短发，看上去干净利落，这点和林杰很像。

"林杰离开特事处，是件特别让人遗憾的事情。他查的最后一个案子，追查一个出了状况的法医，完成得尤其漂亮。那是你和他离婚前的事，他有没有和你说过具体情况？"

林菲菲低头在发短信，这时抬起头："哦，不好意思，你说什么？"

林菲菲一身深灰色职业装，坐在办公桌前，桌上挤满了文件、相框、水杯、笔筒等一堆东西，横七竖八、混乱不堪。我

注意到相框里的照片还是她和林杰的合影，时间是 2008 年 5 月 3 日，背景是某处海滩。他们不是早就离婚了吗？

林杰在完成了对脑太岁的追捕后，生活有了一系列的大变动，其中就包括婚姻。很难说他和林菲菲离婚同追捕行动有什么关联，但我现在也没其他的路可走不是吗？或许他会什么事情都对老婆说，然后他老婆——哦，好吧！前妻——会把什么事情都告诉我。这是我的美好幻想，但不试一试，怎么知道这个幻想会不会破灭。

找到林菲菲并不困难，她是一家中型广告公司的创意总监，我没预约，直接就闯到了她公司。公司在一栋离市公安局不远处的写字楼里，她恰好也在。

我先把名片递过去，广告公司和记者常打交道，属于关联行业，表明职业至少不会第一时间被踢出去。

看我名片的时候我分明瞧见她眉毛向上挑了挑。尽管我也算是个资深记者，也开始有人带着古怪的笑容称我为"名记"，但显然我还没知名到公众人物的级别。如果林菲菲听过我的名字，那多半是林杰曾经说过我的故事。我从郭栋那里知道，当年特事处成立时，我是他们重点研究的对象之一。

林杰能把我的故事告诉他老婆，那么他就完全有可能会说更多。不是有可能，而是一定。什么保密条例，他严格遵守了才怪。

我说有很重要的与林杰有关的事情和她谈，希望能有个相

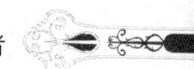

对安静的空间说话。可转了一圈几个会议室都在用，我们只好又回到林菲菲的座位上。我有些无奈，因为她的确很忙，在这儿谈话，常常有她的同事插进来这一句、那一句地汇报工作情况，很破坏谈话气氛。

我编了个理由，说自己是以郭栋朋友这个私人身份而非记者来找她的。郭栋升正处之后，整顿特事处，希望像林杰这样的优秀探员可以再回去。之所以会来找林菲菲，是因为有传言说林杰曾经把处里的一些事情透露给她，违反了保密条例。由我来私下问一声，就表明了处里不再追究的态度，但如事情属实，可能就不再考虑召回林杰了。

这套说辞是我看见桌上的照片后现编的。从照片上看，这两个人大有复合的趋势，对一个警员的妻子来说，老公是搞文职好，还是搞武职好，答案显而易见。为了避免林杰再回特事处，林菲菲如果知道些什么，很可能会说出来。

让我郁闷的是，这段话说得断断续续，至少被打断四次。林菲菲总是分神，或者她对林杰回不回特事处并不重视。在我特意点出追捕江文生的案子时，她干脆发起了短信。

"哦，什么？不好意思，今天事情太多了，你刚才问我什么？"她发好短信，放下手机问我。

我只好再重复一遍。

"哦，我不是很清楚，他回来很少讲工作上的事情的。"

"是吗？"这个回答让我失望极了。

我可不是那么容易放弃的人，来来回回又从各个侧面问了好些问题。不是每次努力都会有回报，林菲菲的回答让我的挫败感越来越强，难道说林杰真的那么守规矩，什么东西都没和林菲菲说？

不可能。我端详着林菲菲的脸，她的表现有点太过漫不经心了，她在掩盖些什么吗？

我正打算换个角度继续盘问，她接了个电话，应了两声，告诉我她马上要开会了，改时间再聊。

逐客令已下，我没法再赖下去，只好告辞。反正她说了改时间再聊，管她是不是客气话，我肯定会再来的。

在电梯里，我的手机响起来，是个陌生号码。接起来，却是个派出所的警察，张岩去派出所报刘小兵失踪的案子就是他接待的。后来我通过副所长托下去，请这个警察多关心一下失踪案，不过我心里知道这没什么用处。

"那记者，因为你关心过刘小兵的失踪案子，所以这个事情，我想还是打个电话告诉你一声。"

"啊，怎么了，什么事情？"我有种不祥的感觉。

他说了句什么，我没听清楚，快步走出电梯，走到大门口。

门口有谁叫了我一声，我没搭理，电话那头又重复了一遍，这回我听清楚了，然后脑袋里一片空白。

"张岩失踪了，她邻居有几天没见她，刚到我们所里报的案。"

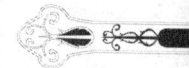

"怎么会，什么时候……"我话还没说完，一个拳头重击在我的左脸上，把我直接击倒，手机飞出去，眼前一片模糊。

路人惊呼，我听不见，全是耳鸣声。

然后痛觉才传来。

一个人蹲在我面前，冷冷地盯着我。过了好一会儿，我才看清楚是谁。

林杰。

第五章

崩溃的记忆

Chapter 5

　　将我一拳揍倒以后，林杰又伸手把我拉起来。

　　我捂着脸龇牙咧嘴，既愤怒又心虚。在这里和他干一架吧，别看他个子小，打起来多半我不是对手。和他理论吧，明明是我先找到人家前妻想套话，这行径实在不光明磊落。

　　没等我想明白该怎么反应，林杰扔下一句话，转身就走。

　　我连忙屁颠屁颠地跟上去，把这一拳扔到了脑后。

　　"别烦我老婆，想知道什么我都告诉你。"他说。

　　事情总是喜欢凑在一起拥上来。我本该立刻去派出所一次，了解张岩的失踪情况，但现在林杰主动坦白，以他的性子，我要是说改天，谁知道他会不会改主意。

　　压下心中对张岩失踪的焦虑和不安，我跟着林杰进了一家星巴克，在二楼找了个僻静的角落坐下。帮他买好咖啡，他也不喝，不用我开口问，他自己就说了起来。这是个干脆人，既然决定了告诉我，就不会再拿乔。

"我写给处里的报告，你也看过了，我一结束任务就写了这份报告，老实和你讲，我是把所有觉得有必要写的都写进去了。"

说到这里，他面无表情地扫了我一眼，把我的愕然看了个正着。这么说来，一点内幕都没有？我不太相信林杰现在还打算编一个瞎话糊弄我，可是不对呀，如果真没有内情，他还这样一副作派干什么，这句话，分明只是个开场白。

想明白这点，我冲他笑笑，等着他说下去。只是这笑牵动了嘴角的伤口，变得有些惨然。

林杰看到我的表情变化，似是有些赞赏，稍一停顿就接着讲了下去。可是见鬼，这家伙够自傲的，我可不稀罕他的赞赏。

"我是搞刑侦出身的，然后又去缉毒，特事处成立的时候，被抓了壮丁。刚调过去的时候老大不愿意，后来慢慢了解情况，才知道这个世界居然有那么多稀奇古怪的事情，甚至对应起从前碰到的或者是听说的那些个奇案，就明白了其中另有隐情。说实在的我很兴奋，因为我这个人就是喜欢挑战，越是难以完成的不可思议的案子，完成的时候成就感就越强。而待在特事处，碰到的挑战，是从前想都不敢想的。当然，也更危险。我不在乎危险，但我老婆在乎。"

说到这里，他看了一眼我肿起来的那半边脸，笑了笑。

"我和我老婆感情很好。别瞧她在外面一副女强人的模样，其实人很敏感，我在缉毒队时，她没少因为担心和我闹过情绪。

到了特事处，她知道了一些事情以后，就越发担心了。"

林杰停下来点了根烟，耸耸肩说："有一点你没说错，许多事情，我并没有瞒着我老婆。"

我做了个并不意外的表情。

"江文生是我在特事处独立办的第一件大案子，嘿，也是最后一件。办完以后，我兴奋极了，回家就把这案子的前因后果都和她说了。干这个，真得有个宣泄的途径，否则迟早得疯。她听了这个案子，当然为我高兴，但也很后怕。她可能是由这个案子想到我以后会面对更可怕的状况，未必次次都能这么顺利，所以反倒更担忧了。"

我点点头，表示能够理解，然后招呼服务生拿个烟缸过来。

"对不起先生，这里没有吸烟区。"

林杰不以为意，把烟在大理石台面上摁灭，说："本来戒了的，离婚以后又抽上了。正好，又该戒了。"

"你们……"我试探着问。

"所以我得揍你一拳。我可不想让她再被这些事情纠缠，不光她，我也不会再回去了。干干文职，回家抱抱老婆，多好。"他露出一缕真心实意的笑容。

"不说这些没关系的废话了，我接着说。当时事情发生时，我觉得非常突然。那天我洗完澡，想和她办事，本来她很有兴致，突然不肯了。详细情况也没必要说，一会儿你就知道为什么了。当晚她就睡到了客厅里去，第二天就说要离婚，而且住

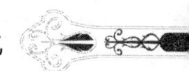

了出去。她态度非常坚决，我好说歹说也没用，牛脾气上来，离就离吧，就离了。"

我听得莫名其妙，感情那么好，怎么突然之间就要离婚，那天晚上对林菲菲而言发生了什么林杰不知道的事情吗？既然林杰说我一会儿会明白的，就暂且耐着性子听下去。

"本想着结婚一场，大家还是有感情的，好聚好散，没想到离了婚，有时候我打电话或者发邮件，她根本不理睬我，就像从不认识我这个人一样。我实在不明白为什么，托她几个闺密去问，也没打听出原因。一直到一个多月以后。"

林杰停下来，长吸了口气。我知道戏肉来了。

"我这个人，生活上比较粗心。每次洗完澡，也就随便擦干，更是没有洗好澡照镜子的习惯。"

好吧，这就是我等的戏肉吗？这都是些什么前言不搭后语的呀。我正在心里抱怨着，真正的戏肉就出现了。

"所以直到这么长时间以后，我才发现自己身上的问题。还是出去做推拿的时候，我喜欢光着膀子做推拿，不是那种乱七八糟的假推拿，你懂的。推拿师看见我的背就问我，这伤疤怎么来的呀，从前推拿时好像没有呀。我再对着镜子一照，就全明白了。两个铜钱大小的疤，像烧焦了似的。什么时候伤的，我没一点印象，但是我在别人身上见过这伤。你猜猜。"

我背上的汗毛已经竖了起来，问："赵自强？"

"对，在赵自强肚子上，也有这样的伤痕。"

赵自强就是在江文生之前，被脑太岁附身控制的那个人，他在大规模释放病毒之前被击毙，脑太岁却没有和宿主一起死亡，江文生就是在对赵自强的尸体做解剖时，被脑太岁附身控制的。

一样的伤痕。这显然说的不是什么赵自强被击毙的枪伤，而是被太岁附体的伤痕。这是一种腐蚀痕，脑太岁会分泌出某种化学成分，腐蚀掉接触到的皮肤，侵入宿主的神经系统。

"天，你曾经被脑太岁控制过？"仿佛有电流在脊背上蔓延，我忍不住身体向后微微一仰，下意识要离林杰远一点。

"是的，但这段经历并不在我的记忆里，也就是说，我的记忆是被篡改过的。我所写的那份报告都是基于我被篡改过的记忆。里面有多少是真的，呵。"

林杰的笑声中带着不甘与苦涩，这是彻头彻尾的失败，对一个在刑侦方面如此自负的人来说，是难以承受的打击。

"但是你活着回来了，太岁并没有在你身上。"后半句话我尽量让自己不要说得很迟疑，同时在心里又回想了一遍林杰的形象，确定了他精瘦的身体上并没有可疑的凸起物。但是被太岁附过体，天知道会有怎样的后遗症，此前并没有类似的案例可供参考。我立马想到了何夕，噢，那完全不同，完全不同。

"它曾经在我身上。"林杰的神情又恢复自然，事情过去了这么久，他不知私底下想过多少回，早已经接受了现实。

"它曾经在我身上，"林杰说，"它为我虚构出一段记忆，使

我误以为它已经死了，这样特事处就不会再追捕它。至于我带回来的那点组织，也许是它从自己身上弄下来的无关紧要的部分，也许是其他没有智慧的普通太岁，反正被火烧成了那个样子，我们什么都检查不出来。案子就那样结了，它海阔天空，可以喘息恢复，等待某一天再回来。"

"它果然还活着。"我喃喃自语，然后握紧了拳头，问林杰，"可是你就这么算了，认输了？"

"我认输。"林杰说了句让我想不到的话，"因为我确实输了。"

"你如果认输，这辈子就再也没有翻过来的机会了。"

林杰笑了："那多，你以为我还是个热血少年吗？或者，你自己还是个热血少年？"

呃……

林杰摸出支烟要点上，瞧见桌上的半截烟，摇摇头把烟塞回盒里，说："的确，如果我认输，那这辈子就再没有翻身的机会。但我这一辈子，抓到脑太岁肯定不是最重要的事。如果我不认输，那就再也没有和菲菲重新在一起的机会了。你明白吗？"

我默然，微微点头。

"当时她看见我背上的伤痕，想起我曾对她讲过，赵自强的伤痕也是同样的形状，她吓坏了。她也搞不明白我是被太岁附了体，还是曾经被太岁附了体，她只明白一点，她不能再和那样的我过下去了。今天我被附体，也许明天就是她被附体。呵，

她后来就是这么对我说的，我觉得她说得对。离婚以后，我一直都很消沉，也没信心在特事处继续待下去，就申请转了文职。过了半年，我从菲菲的朋友那里知道，她依然是一个人，就又开始追求她。我已经是文职了，我答应她，一直是文职。"

我长吁了口气，原来事情是这样子，对于林杰的选择，我无话可说。像甄达人、郭栋那样依然在第一线的特事处队员，固然令人起敬（听了林杰的故事，我对郭栋的感觉又回升了一些），但林杰这样，也无可厚非。我不禁想起了昨晚梁应物和我说的那些话。世界上有许多东西值得珍惜，但当你被迫要做出选择时，才能分辨出哪些最值得珍惜。

"下个月，我要结婚了。"

"恭喜。"我注意到他说的是结婚而不是复婚。他把这看作是全新的开始。

林杰看了我一眼，问："你准备走了？"

"不然还能怎样？"

林杰从包里取出一个本子，放在桌上，推到我面前。

我拿起翻开，里面写得满满的，第一页第一行写着"我的记忆"，后面打了个大大的"？"。

15日早7点32分，到处里取车。出门时遇黄隽，问他"昨晚上打牌又赢了"，他答"赢，赢了半包中华烟钱"，我说"那也是赢"。开车沿中山路于大柏树口上高架，上匝道封闭，我

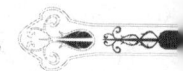

开上去后和一个交警示意，时间约为 7 点 37 分。8 点 50 分左右，过沪杭高速莘庄收费口，走的左数第三车道，前方车为集卡，尾号或为"23"，收费员为一名三十许女性，肤白，左眉侧有痣。

"这是？"我扫了一段，疑惑地问。

"在认输以前，我也不是没想过要赢回来的。"林杰笑笑说，"我当时肯定是追到了脑太岁，即便它把我的记忆全部篡改，只要我明白过来，就不可能查不出蛛丝马迹。这是我几年前写的一点东西，把那一次的追捕行动，所有的点点滴滴，都尽可能地详细记录下来。只要照着这个去一一核实，必然会在某一个环节发现对不上号的地方，而那个点就是我的记忆被篡改的原点。顺着剥下去，就能还原出当年的真实情况，甚至找到脑太岁。可惜啊，我自己没能用上这本东西，是啊，我自己的选择，总得有个选择。"他轻轻吁了口气，说，"现在，我把它给你。"

听得出，虽然他因为林菲菲而放弃了追捕脑太岁，但内心深处还是有着一丝不甘。

"脑太岁很可能会再次回来，我虽然认输了、放弃了，但这家伙留着总是个祸害。如果它真的回来，就是这座城市的灾难，没人阻止的话，会死很多人。即使是为了保护菲菲，我也希望能有个人接替我，把它干掉。我知道你的很多事情，所以，你是个很好的人选。"

他顿了顿，又说："也许是个比我还好的人选。交给你了。"

我摸了摸脸，说："这算是预付的报酬吗？"

林杰哈哈一笑，说："你要是能干掉脑太岁，我让你打回来，付你十倍利息。"

赶到派出所，是傍晚时分。

接待室里已经有一个中年妇人，抹着眼泪在打电话。打电话给我的片警小李告诉我，那是张岩的母亲，正在一个一个地问亲朋好友，张岩有没有在他们那里。

"看样子真是失踪了，张岩的圈子很小，常联系的同学、朋友也就三五个，早就问过了，都不知道。现在她妈妈问的，都是远空八只脚的人。"小李说了句上海俗语，意思是关系远得够都够不着。说话的时候他的眼睛总往我肿起的脸上瞄，让我有点难堪，却也没办法解释。

报案人是裘老太，就是张岩家门口杂货铺的那位。老太太起得早，每天坐在杂货铺里的时间能有十二小时，谁家进进出出，都得打她门前过。她说至少有两天没见张岩出门了，今天早上她担心，去按张岩家的门铃，没人应，就到派出所里报了警。

据裘老太说，张岩家的门铃是声光双功能的，按上去除了发出正常的门铃声，客厅里还有个红灯会一闪一闪的，专门给听障人士用。警察赶到以后，按门铃还是没人开，于是就强行进入，发现房子里并没有人。

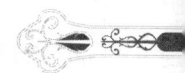

据邻居说，张岩自搬来以后，除了和刘小兵度假旅游，从来都没发生过两天以上不见人的情况。再加上她刚报过刘小兵失踪的案件，尽管报案时警方并不很重视，但现在报案人不见了，双重情况叠加在一起，就不同了。小李先是联系了张岩的母亲，证实张岩并没有回父母家，而后张母赶到警局，打了一堆电话找张岩未果。我到的时候，小李告诉我，已经准备正式立案将张岩作失踪处理。

根据裘老太的说法，她印象里最后一次看见张岩，约是三天前的下午，当时她提着个购物袋回家，然后就再也没见她离开。不管张岩是主动还是被动离开，从常理上说，都会经过杂货铺，除非那个时间点裘老太临时走开，比如上厕所，否则，张岩离开的时间应该在早八点前，或晚八点后。而且张岩所在的居民区有许多的小摊小贩，日常人流不少，如果张岩不是主动离开，而是受到了谁的胁迫，很难不惊动别人。

小李这么给我分析的时候，我心里却忍不住想，常理常理，但是这事情是不是真能"从常理上说"呢？地道失踪案笼罩着浓浓的神秘气息，如果这次的失踪和那条地道的失踪案有关系，那么会不会常理失效？而且在我看来，两者之间必然是有关系的。

"也已经联系上了刘小兵的家里，他父亲正在赶来的途中。"小李告诉我。

家里终究是知道了，却还搭上了一个张岩。我心里不知是

101

什么滋味，却听见号啕大哭声骤然响起。

是张岩的妈妈，她终于把所有能想到的电话都打了一遍，再没有任何侥幸，心理防线崩溃了。

我犹豫了一下，没有上前安慰她。我不知道该对她说什么，有些事情还不适合告诉她，能说的也都是空洞的安慰，而这时候任何安慰都是白搭，她需要好好宣泄一番，才能镇定下来。

我拜托了小李几句，就走出去给王队打电话。

"这个案子你得帮我，我觉得我欠她的，她一定不能出事。这算是我的私事，你说了，私事就会帮我。"

"你放心，短时间内夫妻俩都不见了，你不说，我们也不会不管的。我们不管，双方的家里人能饶得了我们？我调专人去查。"

放下电话，我长叹了口气。得到了王队的保证，我却并不觉得好过多少。张岩到底去了哪里呢，在她身上会发生什么事呢？我仿佛觉得有一个幽暗阴森的触手，从那条地道蜿蜒而出，顺着刘小兵，又卷到了张岩身上。它还会伸到哪里？

"有本事，就冲着我来试试。"我低声说。

然而我的大部分精力依然被脑太岁牵扯着。张岩那边，又不可能不上心。时时刻刻，心里都有这两件完全不同的事情在打架，搞得我心神疲惫。

我知道张岩失踪我并没有责任，可是我又觉得我是有责任的。心烦意乱之下，我甚至去拨张岩的手机，等到听见"您拨打的用户已关机"的声音，才想起来张岩是不可能接听电话的。

　　这样下去，也许我一件事情都办不成，毕竟我不会分身术，也没有分心术。在又一次拜托梁应物帮忙连张岩的失踪案一起查之后，我定下心来，把张岩和刘小兵的事情暂且抛开。

　　再一次思量发生在林杰身上的一切时，我依然遍体生寒。

　　如果不是脑太岁的寄生会在身体上留下疤痕，如果不是他看见了这个疤痕，那么他至今都不知道，自己的某部分记忆是被"植入"的。曾经有那么一段时间，自己做了什么，甚至想了什么，都完全不在记忆里，这该有多可怕。

　　这样的"我"，还是真正的"我"吗？所谓人的自我意识，就这么容易被突破、被摧毁啊。

　　有那么一瞬间，我自己都疑惑起来，会不会我也是这样，我记忆中自己曾经做过的事，我记忆中的人生，是真的吗？有什么证据证明吗？也许我也被人篡改过记忆，也许我根本就是另一个人呢？

　　我赶紧把这些想法驱离脑海，可不能钻这种牛角尖，会钻成疯子的。

　　安排好报社的事情，我去租了辆皮实的普桑，打算以林杰的回忆录为线索，重走当年他走过的路。脑太岁已经逃逸了四年，在这四年里，它是安安分分地恢复着，还是已经害了许多人？

　　当然，在此之前，我还有些准备工作要做。这一行，可能会直接对上脑太岁，在面对这种人类连一知半解都谈不上的生物之前，我得先面对自己。

第六章

太岁起源

Chapter 6

"很古怪的问题？哎，那老师，你是熟悉我们处的，能回答的我一定回答，有些不方便说的，我要先请示一下郭处。"

"你误会了，我想问的是四年前的一句闲话。确切地说，是2005年12月15日早晨七点半左右，林杰开车出警局的时候和你打过一声招呼……"

"噢，拜托，我怎么可能还想得起来这种事情？四年前啊。"

"他问你是否又赌赢了，你答赢了半包中华烟钱，你还记得这个对话吗？"

"哈哈哈，还真记得。那晚前半夜我赢了一箱烟钱，到早上就只剩了半包，印象深刻啊。回想起来，那天早上，他是开车去查江文生了吧。案子破得很漂亮，可惜了……但你问这个干什么，难道这里面还有什么……"

"没什么，随便问问。谢谢啊。"我也不管黄隽信不信就挂了电话，反正他再狐疑，也猜不到正点上。

从七点三十二分这个点开始，我将照着"我的回忆"中所述，一路追溯下去。

车驶上高架，这一次上匝道没有封闭。回忆录上有许多环节验证起来都比验证与黄隽的对话麻烦得多，比如撞上封闭的上匝道和交警点头示意这段。我打算跳跃式地把容易证实的环节先验过了，确定大范围后，如果需要再进行回溯。

高架上迎面的电子路况图上一片拥堵的黄色，我到达沪杭高架莘庄收费口花费的时间比四年前的林杰多得多。通常我被堵着的时候总是很烦躁，不过此时我却心怀沉静，享受着与脑太岁再次交锋的时刻，一点一点地接近。

我摇下车窗，冷空气在昨夜最后肆虐了一把后已经离去，气温正在回升，风一股一股地吹进来，和着阳光，挺舒服。这就是我身为我的感受啊，我可不想被某种异类取代我自己，哪怕只有一分钟。

或许，我应该再回想一遍自己的过去，如果我和林杰一样失败了，会不会也被编织出一段记忆，取代自己的过去呢？我珍视的所有人，也许在记忆修改之后全都没有了任何价值。那种自以为清楚明白，其实却浑浑噩噩的日子，和死亡一样可怕。林杰还是幸运的，他被修改的记忆，只是和脑太岁有关的部分，如果他变得不认识林菲菲了，该有多可怕。大概这就是他再不愿回特事处的原因吧。

车流缓慢，我被裹挟其中，神游别处。许多念头思绪纷至

沓来，某些模糊的画面时而闪回，恍惚间又把我拉回昨夜的谈话中。

谈话开始于一个意外。我的人生中总是充满意外。

那时我坐在一家营业至凌晨两点的咖啡馆包房里，门被推开时，进来的人让我大吃一惊。

"为什么会是你？"我问。

"就是我。"梁应物回答。

我皱着眉头，沉默不语。

"不欢迎我坐下来吗？关于太岁，我有许多可以告诉你。"

于是我只能坐在那儿，一边揣测着他的来意，一边听他说。有些是我知道的，有些是我猜到的，有些是我不知道的。

X 机构对于太岁的研究，从很多年前就已经开始。尽管中国历代对太岁有着许多的传说，有"不可太岁头上动土""日割一肉、永食不尽"等，但最初，研究的方向依然偏向传统。也就是认为它是一种特殊的真菌类，由此出发，研究其对人体的药用价值。

在一些案例里，食用太岁对人体有着明显的近乎神奇的正面作用，但在另一些案例中，则没有任何效果，甚至对人体有害。进一步的研究中，发现收集到的太岁彼此之间有着相当程度的差异，再研究下去，则开始动摇原本对太岁的基本认知。越来越多的证据不支持其真菌分类，但到底该怎样归属，乃至其是如何孕育生长繁殖的。在 2005 年上海病毒危机之前，X 机

构内的生物学者对此有过许多次争论。

2005 年 11 月 14 日，上海莘景苑小区因爆发范氏症被市政府紧急隔离。这种原本只有少数动物感染过的绝症病毒神秘变异，在该小区迅速传播。患者体内的内脏细胞活跃度疯狂攀升，在很短的时间内就爆发式地恐怖生长，膨胀、膨胀，再膨胀，最终挤破患者的胸腹腔。有人怀疑这是一次投毒式病毒攻击，但没有人想到，这次攻击的实质是一次大规模的催生太岁行动。

在事件平息后的内部秘密研究中，已经确认了，所谓太岁，是内脏生物意识觉醒的产物。

很多年以来，人类对生物的认识都受到各种偏见的影响。比如我们是碳基生物就惯于认为所有的生命应该都和我们一样是碳基的；又如独立的生物个体应该就和我们日常所见的一样，是一只猫、一条狗或一个人。而太岁正是对后一种观念的颠覆，就如对基因来说，人只是其载体一样，对心、肝、脾、胃、大脑这些人体器官来说，人也只不过是其载体，在某种特定条件下，这些器官会被刺激而向独立生命体进化，试图从载体中出来。范氏病毒就是一把产生"特定条件"的钥匙，激活了内脏的某条基因链，让其从载体中高度富集能量，从而产生质的变化。这是一种不稳定的、具有多种可能性的变化，只有极少数的内脏能真正进化成独立生命体——太岁，而进化成太岁也并不意味着就一定会拥有智慧。

迄今为止，唯一被发现的拥有智慧的太岁就是脑太岁。它

是 20 世纪上半叶日军侵华时，"731"部队进行的细菌实验的产物，一名实验者的大脑成功进化成了太岁，并保有了高度的智慧。这个进行过太岁病毒实验的地下实验室在今天哈尔滨附近一个名叫石人城的小镇，确切地说，石人城前沟村。一个村民挖地窖时挖通了废弃数十年的地下实验室，感染病毒后死于范氏症。

一名医生在调查病毒源时发现了废弃实验室，带走了脑太岁。无法证实脑太岁是否在第一时间就附体控制了这位名叫赵自强的国际医疗组织成员，最终赵自强成了脑太岁的代名词，并开发出能在人群中传播的病毒变体，希望世界上所有人都中毒，从而诞生出大量同类，让它不那么孤独。这就是莘景苑范氏病毒袭击的真相。

那次事件之后，X 机构对于太岁的研究评级向上升了好几档，研究力度也加大了数倍。不用提那个能独立思考、能控制人类的脑太岁，就一般由心脏或脾胃进化而成的太岁而言，也足以让生物学家疯狂。明确了太岁的成因对于太岁研究是个极大的突破，进一步的研究证明，内脏向太岁进化的过程中，要汲取大量的能量，这些能量刺激内脏细胞以惊人的速度代谢，最终令细胞发生神秘变异。一旦内脏成功太岁化，它们就会停止向外界汲取能量，并且是永远停止。想象一下，一个不吃不喝却能永远活下去的人，你就知道这意味着什么了。

太岁就仿佛是一个活生生的生物永动机，体内就像是有个

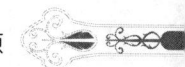

生物核反应堆，如果能破解其中的奥秘，人类将会进化到一个难以想象的阶段。遗憾的是，尽管 X 机构的生物学家已经是这个领域走在最前沿的少数精英，但其水准依然离解开谜团很远很远。

然而，早在数千年前，中国的古人已经从另一个角度接触到了其中的秘密。

现代人看中国古人的养生法，认为是呼吸法加上观想。呼吸法可以让身体放松，而观想则是用心理暗示来加强呼吸法的放松效果。这是当代科学对内家养生术的解释，但是实际上真的这么简单吗？

很多人不这么看，这些人包括我，包括梁应物，包括许多盲目狂热的东方文化爱好者，更包括 X 机构的许多学者及世界范围内物理生化领域最顶尖的科学家。

古人——以古代东方人为代表，涵盖古希腊、古印度等诸多人类文明发祥地的人们，他们的世界观和受当代科学影响的现代人的世界观截然不同。他们相信天人合一，相信这世界的万事万物之间都是有着神秘联系的，牵一发而动全身。举个最通俗的例子——天上的星辰能影响人的命运。这也可以说是蝴蝶效应的超级加强版。

而现代科学这两百年来的发展，则是细分化，分类越来越细，学科与学科之间的界别越来越森严，如亚里士多德、达·芬奇这样的通才越来越不可能出现。

也就是说，现代人看世界的眼光，和古人看世界的眼光，角度是截然相反的，站在我们的立场，当然会觉得古人愚昧。

但是，现代科学将世界微观化、微观化再微观化之后，到了近二十年，情形忽然变得不一样了。物质世界研究到某一层面，忽然出现了许多"灵异"现象，比如量子纠缠。这个世界的互联性、复杂性被重估，许多新的理论被提出，各学科又有融合的趋势。在这种情况下，重新考察古人的世界观时，就会发现，其许多理念竟然和当下最前沿的理论暗暗相合。

中国的内家养生术，基于一些假设性的理论：人体是个小世界，和外面的大世界呼应着，吸收外界的能量来改善自身的状态，甚至在体内某些神秘莫测的地方储存起外界的能量。而养生术更进一步，就是道家的修真术。在今天看来，也许，内家养生术还有可以接受之处，修真术就纯粹玄之又玄，不知所谓了。

道家修真术是修仙的，修炼有成之后，会有许多不可思议的大能力，而长生不老也不在话下。关于此流传下来的道家修炼典籍，真真假假有许多，很多修炼的要诀，甚至会出现南辕北辙之处。用今天科学的标准来衡量，会有什么结论不言而喻。然而在这些典籍中，关于修炼有两个重要的标志，却是一致相通的。

这两个标志就是金丹和元婴。

所谓金丹，用今人能理解的话来说，就是体内的能量凝聚

成实质，就此生生不息，自行运转，并且为修道者施展能力提供能量输出。而元婴就更玄了，是在金丹的基础上更进一步蜕变而成，能量更庞大，且变成小人形态，拥有灵智，甚至可以离体而出。许多的幻想小说家，在小说中常常写到有人炼成金丹、元婴，神通广大。读者看得无限神往，如果真的问起来是否相信，多半是要大摇其头的。

就算是现今科学即将发展到一个全新的阶段，对过去古人的智慧有了再认识，但对修真种种，金丹、元婴、陆地飞腾之类，还是斥为无稽的。

"所以我一直很佩服范海勒老先生，没有超凡的想象力，绝对不可能把传说中的金丹、元婴和太岁联系起来。"我说，"我是挺有兴趣聊聊太岁，但你到底是怎么知道我在这里，又为什么要在这个时间和我谈太岁？谁告诉你的？"

"任何伟大的科学创见，都需要想象力，比小说家更惊人更有力量的想象力！"梁应物说，"谁告诉我？切，你是当局者迷还是故意视而不见？"

范海勒就是范氏病毒的发现者，这种病毒及范氏症就是以他命名的。他创办的国际医疗机构海勒国际一直持续跟踪范氏症，在2005年莘景苑爆发传染性范氏症时为市政府提供医疗支援的就是海勒国际，何夕是他的养女，而被太岁附身后被击毙的赵自强是他的养子。

范海勒很早就了解范氏病毒可以催生出太岁，而他多年来

孜孜以求，一直到死都不放弃的，并不是治愈范氏症，而是如何利用范氏病毒来达到人类永恒的梦想——永生。

单单就被范氏病毒感染后的内脏表现来说，是细胞的活化，这是一个与衰老截然相反的过程。问题在于这种活化的程度过高，以至于产生了恶劣的后果，但如果能控制活化，并将其延伸至人身体的每一个部分，那就是真正意义上的返老还童了。

就内脏的太岁化来说，范氏病毒只是一个强力触媒，没有这个触媒，内脏就会老老实实、安安分分地做它的"内脏"，极少会突变成太岁。但极少并不是没有，在自然环境中，还是会偶见此现象，所以才留下了那么多的太岁传说。

范海勒是一个中国文化的爱好者，有一次翻阅道家古籍时他突然想到，太岁的本质，和金丹之说竟然如此相似，两者有没有可能就是同一种东西呢？

这样一琢磨，再有意识地循着去对照研究时，他发现这种可能性竟无限接近于现实。

太岁所蕴含的生物能量，超乎常人的想象。当太岁形成以后，不需要摄入能量，就可以存活数百、数千年甚至更长时间，当太岁被切去部分，可以迅速愈合并长出新肉。支撑着这些的庞大能量，不可能是内脏太岁化过程中从原生物体内吸收到的，而是靠着吸收到的能量，让构成内脏的细胞产生了某种神秘奇妙的变化，从而激发出细胞隐藏着的真正力量。这种变化就像是生物版的核裂变。

对太岁有了这样的认知，再回过头去看道家的内丹术，怎么瞧金丹怎么都像是太岁，确切地说，是被控制了的半太岁，一个稳定而庞大的生物能量源。说得更具体一些，道家的修真极可能是结合呼吸法、观想术以及最重要的——服用丹石，"激活"体内某个内脏器官。尤其是服用丹石，在今天的医学看来，中国道家典籍中记载的丹方，其中绝大多数都是有毒的，服下对人体有害。没错，的确有毒，就像范氏病毒是一种致命病毒一样，丹方的毒也是用来刺激内脏，让其突变成太岁的。具体是哪个内脏，看各家的修炼方式，各有不同。通常在丹田附近，那就是肠，再往上一些的话，就是胃。这样看的话，那些修炼有成者的辟谷就再自然不过，肠或胃变成了太岁，那还吃什么东西呢？

金丹与太岁之间的关系，还有更多可供佐证的地方。比如历来典籍及各种野史的描述中，修炼有成、结出金丹的固然少之又少，但金丹修成之时，却又要面临一道极大的关卡，其难度和危险丝毫不亚于之前。道家从哲学的角度，将之称为劫难，过得去，如鲤鱼跃龙门，从此海阔天空；过不去，则身死道消，而死法，是真气无法控制，爆体而亡。

这"真气无法控制，爆体而亡"，和范氏症患者因为内脏变巨后爆体死亡，何其相似。

假设金丹就是太岁，其成丹时的丹劫就完全可以理解了。尽管在修炼的前期，目标是让体内某个内脏太岁化，但如果内

脏完全转化为太岁，就会作为独立生物体挣脱宿主。所以，在成功转化这个过程开始后，控制就成了成败的关键，一旦控制失败，内脏完全变成太岁，修道人就死了。

这种让未成形的太岁变成金丹的修炼方式不知道是怎么创造出来的，想想都觉得非常了不起。古人的智慧，常令今人叹息。总是说长江后浪推前浪，但在过去的数千年里，已经有太多的丰碑难以超越。

以现代医学的发展速度，范海勒明白要想用西医手段破解太岁的秘密，并利用其让人长生，不知还要过多少年。所以他转而研究道家典籍，试图在各门各派真真假假的修炼术中，借鉴些先人的智慧。在他死前的十年间，他一直在探索呼吸法和观想术，实验其究竟能否对内脏的太岁化产生控制，同时也分析了数以百计的丹方，做了许多大胆甚至可以称得上是禁忌的实验，来验证其效果。

"什么叫我视而不见？什么叫当局者迷？"我不满地说。我心里烦躁难安，觉得极不舒服，竟对梁应物发起了火，"你是说我揣着明白装糊涂，还是说我弱智？"

"你是不愿意承认，或者说，你潜意识里不愿意承认，产生了回避心理，以至于近在眼前的事情都看不见。"

"嘿，我不是你的学生，我不需要听你的说教。"我用拳头猛力地捶了下桌子。

"冷静点，那多。"梁应物看着我，微微摇头说，"想一想，

你是和谁约在这里的，你告诉过其他人吗？"

"我约了何夕，我要和她敞开来谈谈她肚子里的太岁，我怎么会把这种事告诉其他人？"

我的声音大到连包房外都可以听见。包房的门被推开了，我猛地一甩手，说："不干你的事。"

"那我等你们吵好。"何夕说着关上了门。

我愣住："是何夕告诉你的？她让你来的？"

"你约了她，而我在这里，当然是她告诉我的。显而易见，不是吗？"

"但是为什么？"

为什么当我鼓起勇气，想和她谈如此隐私的事情时，她竟然会叫上梁应物？

"我想这你得问问你自己。"梁应物回答。

"你好。"收费亭里的姑娘说，然后微笑。嘴角的小痣为她平添了几分妩媚。

"谢谢。"我接过磁卡，踩油门的时候，心里还在狐疑，她真的有 30 岁吗？像是还挺年轻的呢。不过这年头，女人保养得越来越好，而且我相信林杰的眼睛要比我老辣。

上了高速之后，路况不错，我基本把速度保持在 120 公里以上。当然限速是 120 公里，然而警察在超速 20% 的情况下才会开罚单，精确地说，只要不超过每小时 144 公里就行。开过

石湖荡出口后我放慢车速，数着开过第二座桥后，我把车靠边停在硬路肩，从后备箱取出路障放好，然后顺着路肩向前走。

林杰的回忆录中，当时在这一段发生了车祸。我大约走了三十米，发现一棵明显被撞过的大树，虽然依然活了下来，但被撞掉的树皮是长不回来的。又仔细观察树旁的护栏，果然修补过。嗯哼，和林杰的记录相符。

我重新上车，出上海经大云入浙江，直到海宁的服务区，加满了油，正如林杰当年那样。加完油，我把车开回服务区停车点，熄火下车。

当年林杰在这里上了个厕所，不是说我严格到要照着回忆录也在这儿上个厕所——呃，好吧，我倒确实有这个需要，但我说的是那件白大褂。林杰在厕所外，正看见之前被弃的白大褂洗过了晾在外面。正是这个信息，让林杰做出了脑太岁已经完全控制江文生的判断，并推测出它不能无限制地附体控制人类。在林杰的整个追踪过程里，这是很重要的节点，是我必须加以验证的。

坐在厕所门口的管理员是个五十多岁的大妈，而林杰当时碰到的是个六十多岁的老头。那位前任厕所管理员如今已经回家养老了，而大妈则对前任是否曾捡过白大褂浑然不知。

我打听到了老头的住处，并不远。车开到他们家小院的门口，两个老头子正在太阳底下下象棋。

"哪位是周老先生？"我把车停到一边，下来问。

两个老头都抬头看我。

"都姓周。"其中一个笑眯眯地说。

"我找周根发老先生。"我说。真得感谢当年林杰调查工作的仔细。

"我就是周根发，别叫老先生，现在叫老先生的，都得上九十。"正是刚才这位。

"小周，吃中饭了。"院子里传来老太太中气十足的喊声。听称呼就知道，这两位在一起得有四五十年了。

"就来就来。""小周"说。

"就耽误您一分钟。"我赶紧问，"2005年的时候，您还在服务站当厕所管理员吧，是不是捡过一件白大褂？"

老头愣了一下，然后皱起眉毛，摇摇头。

"就来就来，你就不来。"院子里响起他老伴的脚步声。

"没捡过？您再回忆回忆。"

老头把头摇得跟拨浪鼓似的。

"棋先停一停，下午再下不行呀？哟，这是？"老太太走到门口，瞧见我，有点疑惑。

我心里的疑惑可比老太太大十倍，到底是周老头记性不好，还是林杰的记忆在这儿出了问题？

"我问周老先生点事情。"我别过脸和老太太解释了一句，又向周老头确认说："您再仔细想想，2005年12月15日，时间应该比现在更早一些，您把三天前在男厕所大便蹲位里捡到

的白大褂洗好了晾在外面，一位开着警车的林警官来向您打听白大褂的事情，他长得比我黑点瘦点，给了您两百元把白大褂带走了。"

"没有，没有，绝对没有的事情！"周老头斩钉截铁地说。

老太太却狐疑起来，说："你倒是再想想看呀，人家讲得一板一眼，怎么会搞错？"

"真的没有，走走走，回去吃饭了。"说完他急匆匆地拉着老太太进了院子。

"我看有这事吧。"

"没有，没有，哪里会有？你别听那后生瞎讲。"院子里传来他们俩的对话声。

我心里觉得古怪，莫非当年林杰并不是在海宁服务站发现了脑太岁线索，而是撞见了脑太岁本尊，所以记忆从那一刻起就被修改？

可是不对呀，江文生于 12 月 12 日逃跑，为什么到了 12 月 15 日，才跑了这么点路呢？还这么巧被林杰撞见？

周老头刚才的反应十分可疑，他否认的一点都不曾思考，连努力回想的过程都没有。而且一般人，都会奇怪我为什么要问这么奇怪的问题吧，可他却没有，逃也似的进院吃午饭了。对了，他甚至都没有和下棋的老朋友打个招呼。

我看了一直在旁边听着的另一位老人一眼，他脸上的表情似笑非笑，像是知道些什么。

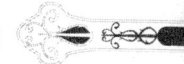

还没等我开口问，他就说："我看呀，这事真。"

"哦？您知道？您见过那白大褂吗？"

"我不知道，不过看老周的样子，他是把钱自己揣着了。哈哈哈哈。"

我张大了嘴，反应过来他说的是什么，不禁啼笑皆非。

"您是说，他把那二百块藏了私房钱，所以才不认？"

"谁不藏点私房钱，你不藏？"

"我？我还没结婚哪。"

"她已经来了，我就长话短说。"梁应物说，"三年前何夕找上我的时候，我也很惊讶。为了压制体内的太岁，她需要帮助。但是你一直没有开口和她谈这一段，她也就不愿意主动开口。"

2005 年，作为莘景苑紧急医疗援助小组一员的何夕，在一次袭击中被注射了小剂量的范氏病毒。在此之前，没有感染了范氏病毒还能存活的案例，所以，当时她决定和我分开，用养父范海勒的方法尝试自救。范海勒的方法，就是他研究大量道家修真术后，总结出来的控制太岁的方法，非但此前未经尝试，而且，这个方法是针对金丹的。可何夕当时的状况，体内孕育的东西却可能并不是道家所谓的金丹，而是金丹之上的元婴。

修成金丹的关键，是在内脏独立生物意识完全觉醒之前将其控制住，从而无障碍地利用其庞大能量。而元婴则是在稳定的金丹的基础上，有限度地放开限制，让太岁进一步发育。其

结果除了更多的能量，还有生物意识的觉醒。由于这是从受控制的金丹进化而来，所以尽管有了自己的生物意识，却一般不会在修炼者的肚子里造反。

可是何夕体内太岁化的器官却不是通常的心、肝、脾、胃、肺，而是子宫。更确切地说，是一个卵子，被范氏病毒感染激发后，落到子宫中，在没有受精的情况下，飞速地生长。

男性的前列腺、精囊腺，女性的卵巢、子宫，是整个人生机最旺盛的地方。尤其是女性，原本体内的能量就会在受孕时往子宫内大量倾斜，这是为了繁衍子孙的进化结果。一旦这样的器官太岁化，爆发出的能量会远超其他器官。而何夕太岁化的还是一颗卵子，一颗原本就可以生长成独立生命的卵子。

出于繁衍的需要，许多生物在族群失去所有的雄性或雌性，濒临灭绝时，会出现神奇的身体转变。比如某些雌性会变成雄性或者雌性在没有雄性的情况下自行受孕。尽管还没有在人身上出现这种事情，但在完全破解基因之谜前，谁也不能说绝对不可能，也许人体的某条基因链里就有一个开关，等着在某个特殊条件下触发。

何夕子宫里的这颗卵子，或许就打开了这个开关。它以远超过正常婴儿的速度飞快生长着，范海勒在死前坦率地告诉何夕，能否用他总结出来的方法控制这个太岁，他没有任何把握。因为看起来，这样的太岁在道家的术语中，已经不是金丹能形容的了，而应该是元婴。

何夕回到位于瑞士的海勒国际总部，那里有着庞大的医疗资源，可以全力为她所用，抑制体内太岁的生长。

"她尽管最终活了下来，其中经历的艰辛，虽然没有告诉我，我也能想得到。出于她的个性使然，她没有把这些告诉你，但并不等于她没有倾诉的需要。"

梁应物看着我摇头，我默然不语。

"她告诉我，她现在还活着，却不等于以后还会活着。很多问题只是暂时被压制，并没有彻底解决。毕竟她走的是一条从未有人走过的道路。哦，也许那些传说中的人物走过，陈抟啊、彭祖啊，太虚幻了，和没有一样。海勒国际的医疗实力很强大，但是面对这样的难题，依然有太多力所不及的地方。X机构里有许多天才的学者，她希望能得到他们的帮助。实际上这对我们也是一个很值得研究的课题，我起的作用，就是牵线搭桥。"

"谢谢你了。"我说。

"没什么可谢的。这一切，本该是你来帮她想办法的。但是你一直憋着不问她，还刻意回避谈到任何有关的话题。所以，她也只好绕开你来找我。我答应她，在你主动之前，不把这件事情告诉你。你还记得，这些年来，我劝过你多少次，让你向她挑明，好好谈谈她身体的问题吗？"

我叹了口气，说："记得。"

"可是你总是重复那些见鬼的屁话，说什么这是她的隐私，要等她主动来谈。在我看来，你们两个都是倔脾气。但她是女

人，你是男人。这事情，总是你不对。"

如果在平时，我肯定会笑他有点大男子主义，这一刻我只有点头，说："是我错了，我想通得太晚。"

"能想通，就不算晚。好了，这就没我的事了。你们两个聊去吧。"他说完，站起来出门去了。

我想了想，也站起来，拉住刚推门进来的何夕的手。

"别在这里了，去我那儿吧。"

这一夜，何夕罕见地温柔。我握着她的手，让她俯靠在胸口，听她低声地、用近乎喃喃自语的语调说着，说着。

她从来没有哪一次，说了这么多的话。我极后悔，后悔自己竟然让她独自承担了这么久。

何夕告诉我，她在瑞士治疗时，整整两个月的时间，每天就是从这台仪器上下来，又抬到那台仪器上，各种各样的注射剂不断。她重新见到我时是短发，那是因为有一段时间，她所有的头发都掉光了。

而她在痛苦的治疗中，还必须保持尽可能多的清醒时间，在这些时间里，要用特定的呼吸法呼吸，并且尝试与体内的"元婴"沟通，这也是观想的一种。

在她做的许多治疗中，有大部分是压制子宫内太岁生长的，但这个莫名而来的胎儿生命力极强，越是受到压制，越是要反扑。其间有两次剧烈反扑，那时胎儿已经差不多完全成形，开始有了自己的意识，甚至影响到何夕的大脑，导致何夕一次昏

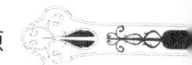

迷六小时，一次昏迷三十八小时。第二次昏迷醒来后，何夕一度失去所有记忆，差点让医生以为她已经被"元婴"取代了。

昏迷时的记忆，是在一片无边无际的灰色海洋中，过了几年之久。那是常人难以想象的煎熬，连何夕这样的人，都有几次想放弃。好在当她终于醒过来，并且恢复记忆之后，就奇迹般地在观想时，可以感觉到元婴的存在了。

这是一种难以言述的感觉，就是能够觉察到在身体的某处，有那样一团有时像火、有时像水的不稳定的存在。在她吸气、吐气、观想有能量从元婴流出，流经全身经脉时，有时这团存在会像涟漪那样波动一下，也仅此而已。

治疗六个月后，何夕返回上海时，其实情况还不是非常稳定。她必须每两天给自己的腹部注射药剂，长长的针管是直接刺入子宫的，五毫升的淡黄色药剂实际上是一种足可以让十个成年人死亡的神经衰弱毒剂，用以减弱元婴的活力，以免其太过活跃。但是通过梁应物，与 X 机构开始合作治疗后，情形又有了很大的改善。

这几年间，何夕应用了两个新的治疗手段。一个是接受催眠引导，以便与元婴更好沟通，同时也有专门的气功师帮助她调整呼吸感受内气；另一个是逐步减少给子宫直接注射神经毒剂而是循序渐进地在邻近子宫的器官中注射少剂量的神经毒剂，诱使元婴释放能量，用来改善"周边环境"。

这两种方法都取得了不错的效果，尤其是后者。虽然还没

到可以随意操控元婴，调动其庞大能量的程度，但现在元婴即便在身体没有受到神经毒剂侵害的情况下，也会不断地释放能量，改善身体机能。而神经毒剂只有在偶尔元婴精力过于充沛时，才注射少许。就像上周那样。

"现在的关键，看来在于能量的平衡。"何夕说，"如果太岁和宿主之间的能量落差过大，就会破体而出。必须得把太岁的能量疏导出去，在太岁和宿主之间慢慢形成固定的能量流通管道，那么能量自然会从高位向低位流动。这种平衡不是说要让能量平均化，而是……"

她在思考一种说法的时候，我说："像太阳系？太阳的质量远超过系内任何天体，但却可以维持平衡。质量过小，就无法拉住其他天体，质量过大，变成黑洞的话，就会吞掉一切。"

"对，就是这样，很好的比喻。人体就像一个星系，有一个合适的能量源发光发热。这就是道家的修炼之道，人法自然。"

"所以也许到哪一天，你的身体彻底稳定平衡了，会有飞天遁地的本事，就像六耳那样？"我问。

"也许，谁知道。"何夕用不在乎的语气说。

我忽地苦笑说："其实查不查逃跑的脑太岁，根本就和你的元婴没半点关系。这纯粹就是我自己的心结，要是早点和你这样说开，我也不会揽这档子事情。"

"你现在也还是可以不揽。"

"噢，晚了，现在我的好奇心已经发作了。"

周老头的确藏了私房钱。我悄悄地用一百块换来他承认了林杰回忆录里所写一切的真实性。

已经是中午，我坐进车里，一边啃着带来的面包，一边顺手拿起林杰的回忆记录，再次翻看。

车已经开出上海一百多公里，但在这本回忆录里，林杰从出发到找到白大褂的内容，才占了总体的二十分之一。

看来才刚刚开头啊，我心里说。又觉得不太对劲，这回忆录原本也看过许多遍，虽然到了这里，在林杰的追捕行程中远未及半，而且都在高速上走，可记下来的节点很少，也不至于才二十分之一呀。

带着疑问，再去看这回忆录，一页页往下翻，到了在邵阳市邵东县调查被江文生重伤的几个车匪路霸时，也不过才占了整本记录的十之二三。照理来说，应该已经过半才对，如此的比重失调，是因为从那里往后，每一件事记载的详细程度都远远超过了之前。

看来，是因为追捕行动自那之后，就变得激烈化，那是能抓住江文生最关键的一段经历，当然要记得比之前详细得多。

我合上本子，发动汽车，打算再次上路，车行五十米，忽地急刹。

不对！

这个本子可不是交给特事处看的追捕记录，林杰写下这些的意图，是想找出自己的虚假记忆，所以不该有侧重的。林杰

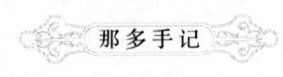

肯定是把能回忆起的东西，都回忆了一遍，能记起多少就写了多少。

所以，调查车匪斗殴事件之后的记录，之所以会更详细，原因只能有一个——林杰对那之后的记忆更清晰。

一个人对某件重要的事情产生深刻的记忆，这是很正常的。但是对一个时间段内，任何一个环节的记忆都很深刻，就不正常了。

看来，我可能找到记忆的分歧点了。

第七章

记忆迷宫

Chapter 7

"什么事？"林杰用不耐烦的口气问，而我却在其中听见了一丝期待。

"我在海宁，刚刚确认到那件白大褂。还没有发现异常。"

"那就继续查呀，来烦我干什么？我已经把本子给你了，这事情就和我彻底，彻底……"说到这儿，他舌头打了个结。

"就和你彻底没关系了，我查出什么，你也不打算知道了？"我故意问。

"你这不是还没查到吗？"他的口气软下来，"好吧，什么事情你问吧。"

"我刚才又看了一遍你的回忆记录，发现从在邵东调查江文生的斗殴事件开始，就特别详细。你在那之后的记忆，是不是比之前要清楚很多？"

电话那头一下子沉默了。对这样的人来说，只要一个提醒就足够了，之前他因为身在局中，所以才一直没有看破。

停了有半分钟，林杰才说："是的，要清楚很多，而在一个节点和另一个节点之间的记忆却非常模糊。"

我们对事件的记忆，是由一个个节点组成的。比如一次约会的记忆，可能由初见、牵手、某几句话、付买衣服的账、亲吻等数十个节点组成，但节点和节点之间不可能是空白的。比如在一家店里待了二十分钟，看了一件红衣服、一件绿衣服、一件黄衣服，最后买了紫衣服。买紫衣服的时刻作为一个印象深的节点，留在我们的浅记忆中，而看的其他衣服并无意义，所以就在记忆里消失了。但这并不是真的消失，而是进入了大脑的深层记忆里。当我们回忆这次购衣过程，先想起那件紫衣服，再顺着回溯，就会牵出之前的二十分钟里的具体逛店过程。

可是，如果林杰现在依然可以很清晰地记得节点所发生的一切，却对节点之间的连线想不起来，就很说明问题了。这并不能怪脑太岁虚构记忆时不够周密，而是实在是不可能把线也一起编进去。好比可以虚构出和一个人的谈话，虚构出谈话者的相貌穿着，这都没问题，然后再虚构出下一个谈话者。但是怎么从这个谈话者过渡到下一个谈话者呢，顶多说是走去的或是开车去的，再具体就没办法了，走了多少步，走的时候看见了谁、听见了多少声鸟鸣，甚至风力的大小程度，或者开车的时候踩了多少次油门刹车，要把这些都编出来，得多大的工作量，恐怕脑太岁也力所不逮吧。

更何况，如果脑太岁真的把记忆编织到如此细致的程度，

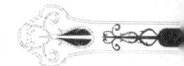

就更容易识破了，因为没有人会把这样烦琐的记忆放在表层记忆中的。

所以脑太岁为林杰编织的虚假记忆，对那些节点之间的连线，恐怕也就只有类似"走去的""开车去的""搭车去的"这样简单的一句话了。当林杰没有意识到问题的时候，这些记忆就和正常记忆没什么两样，但他现在意识到了，深想下去，就赫然发现，自己的脑海中，那些节点之间的记忆是空的。

"没错了，没错了，问题就出在那次斗殴调查上。你得再找到那几个车匪。居然这么快就找到分歧点，看来把这件事托付给你，是个正确的选择。嗯，如果接下来的调查碰到什么困难，尽管打电话给我。"林杰嘿嘿一笑，作为对先前恶劣的口气的道歉。

当年拦下江文生车的五个人，是五兄弟。老大房祖德，之后依次是房祖才、房祖孝、房祖慈和房祖仁。这五个人是村里出了名的恶霸，坏事没少做，提起他们，人人都摇头。那时候，村里年纪最大的老人甚至发狠说，这五兄弟，死了不让他们葬进祖坟。

然而，最后终究还是让他们进了祖坟，在边角上的一个不起眼的位置，五个名字写在同一块碑上。

夕阳下，我站在他们的坟前。房氏五兄弟竟然已经死了！

是烧死的。死亡时间，2005 年 12 月。死于一场山火。

真是狠啊，把所有线索都烧了个干干净净。的确，分歧点

就在这五兄弟上。我已经从县医院里查到，五兄弟2005年12月确实来就医过，其中两个人的伤势不轻，一个左臂骨折，另一个鼻梁骨折、上唇唇裂。这说明他们多半真的和江文生干了一架，但是江文生去了哪里，则必然和林杰写在报告里的不一样。可现在这五个人一死，再去哪里找线索呢？

我绕着墓碑转了两圈，心想，如果是林杰在这里，他会怎么办？

他会查这五个人是怎么死的！

毫无疑问，这五个人的死和太岁有着直接的关联，这就是线索。

起火的是座叫六里岭的小山头。巧了，林杰记忆中，他击毙江文生，就是在六里岭一处无人居住的猎人小屋旁，一样也起了火，只是没烧掉整座山头而已。看来脑太岁编织的虚假记忆也是有原型的。

五兄弟活着的时候是祸害，忽然间死了，除了他们还活着的老娘痛哭流涕之外，没人惋惜，背后感慨天道循环、报应不爽的人，倒是肯定不少。所以，为什么这样巧，五个人都跑到六里岭去，并且在火起时没能跑出来，没有人去细究。就是这山火是怎么起的，事后林业局派人草草调查，也没有结果，只说是意外起火。

哪里可能是意外起火，分明是纵火。

我把自己代入林杰的角色，大脑全力开动。假设纵火是脑

130

太岁所为，那么它必须附生在某个人身上，控制他实施纵火。这个人可能是江文生，可能是林杰，也可能是另一个未知的人。找到这个人，就重新找到了钥匙。

那么先从目击者开始查，有没有目击者？谁是第一个看见火起的？谁是第一个救火的？我在附近问了几户人家，却都无解。山火起，火势浩大，第一时间发现的有许多人，但都是远远望见的。没有哪个人在现场，哦，没有哪个还活着的人当时在现场，除了已经死去的房氏五兄弟。

目击者这条路走不通，事后调查工作呢，关于起火的原因，要不要再去找当年调查大火的林业局有关人员呢？我一琢磨，估计找了也没有用，调查员肯定不是专业鉴别人士，调查的手段也必然粗糙，当年没查出个所以然，我现在再回头去问，更问不出什么来。如今重新再请专业人士查？开什么玩笑，山上的树啊、草啊，都重新长得郁郁葱葱了，没有时光机，拿什么去查？

如果是林杰，这种情况，他肯定还有其他的招数，他会做什么呢？

想不出来，我又不是林杰。

我重重一拍自己的脑袋。对啊，我又不是林杰，干吗要学他，做回自己不好吗？好歹我在特事处也是个小名人，误打误撞地解开过许多诡异事件的谜团，也不能说是全靠运气吧。

做回我自己，现在首先要做的，就是……天色已晚，先找

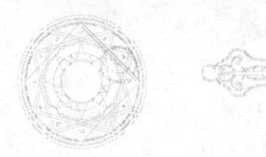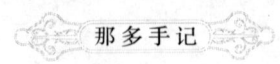

个地方住下，总不能再和昨天一样，找个加油站停车睡在车里。

县医院不远处有一个招待所，院子里能停车。林杰的虚构记忆里，就有这家招待所，他"记得"自己完成任务后，在这儿住了一夜，次日清晨驱车开回上海。没想到还真的有，脑太岁编故事实在细致。

老板是个五十多岁的本地女人，完全是一关不上的话匣子，我只是稍稍寒暄了几句，她就把男人不工作、儿子不读书等一系列家庭不如意都摊给我了。

我向来是很不耐烦听这个的，但又被迫听这种事情。没办法，很多时候，你得等采访对象把情绪宣泄干净了，才能得到想要的东西。我不需要采访这个老板娘，但还是耐着性子听她说话，因为我意识到，她这样性格的一个人，又做南来北往的客店生意，这小县城里，怕是没有她不知道的事情了。

因为我的出奇配合，她甚至邀请我吃晚餐——一大张她自己烙的面饼。

"饼很香啊，你人真好。"我奉承着。我搬来张椅子坐在她柜台前，就着一碟花生，摆出一副要和她聊一个晚上的架势。

"老实讲，我原来对你们这里啊，印象可不算太好。我有一个表兄，前两年开车打这里过，被路霸抢了呢。"

"前两年？哪一年的事情？"她问。

"2005 年。"

"那难怪了，打从 2006 年起，就没这事情了。你哥被抢，

是不是在……"她说了个地名，因为口音的关系，我没有听得很清楚。

"就是国道靠近六里岭北面那段。"她见我疑惑，又补充说。

"应该就是那儿，听你的意思，2006年开始你们这儿公安打击了？"我故意问。

"嘿，不用公安打击，有老天爷看着呢，那五兄弟不知干了多少坏事，被山火给烧死啦。"

接着，老板娘就开始历数房氏兄弟祸害乡里的事迹，直说到他们被一场无由大火烧死。

"你说奇怪不奇怪，就这么被烧死了，他们怎么一块儿去了山里呢，还一个都没逃出来。所以说，这全都是报应啊。"

看来这就是乡里乡邻对这件事情的结论。在刑侦人员看来别有玄机的疑点，对老百姓们来说，用"报应"二字就都能解释通了。

这些信息对我的价值不大，我一边听着，一边在想，房氏兄弟设路障拦车收钱的地方，就在六里岭边，这意味着什么。

先前我在县医院了解过当年房氏兄弟受伤的情况，五人身上都有伤，两人重一些，三人轻一些。常常我的思路会有点滞后，到现在和拦车点的信息一碰，我总算整理清楚这背后的意思了。

一个法医和五个凶狠的大汉干了一架，居然还赢了，这是林杰被编织过的记忆里的信息。实际上呢？

江文生在被脑太岁附体前，肯定是没有多强的搏击能力的。附体后就变得如此神勇？难不成脑太岁主动输送能量给这副躯体，让其力大无穷、刀枪不入？并不是说绝对不可能，但在脑太岁消耗了大量能量附体之后，这种可能性很小。

从五兄弟的伤势来看，并没有哪个人的伤重到丧失行动能力。一般在搏斗中，一对多并取得胜利，只有两种情况。第一自然是把所有人都打倒，第二是杀一儆百，至少将一个对手迅速杀死或重伤，让其他人知难而退。这两种情况，都和五兄弟当时的伤情不符。

另一个有用的信息是，五兄弟去就诊时，有几个人身上染了不少鲜血，让医生以为他们伤势极重，但检查后才发现是轻伤。医生就觉得，那多半是别人的血，但五兄弟的凶威放在那儿，谁敢去问呢？

的确是别人的血，我想是江文生的。

江文生当然没有死，要是他被五兄弟打死了，脑太岁不死也去了半条命，就不会发生控制林杰的事情。有没有可能在搏斗中脑太岁附在了房氏兄弟其中一人身上呢？这个念头一出来就被我排除了，先不说脑太岁怎么做到在其他四兄弟的面前偷偷控制另一个人，五兄弟是一起去医院的，其中一个人身上忽然长了块肉瘤出来，医生也会发现的。

所以江文生大量流血，又没有死，却是怎么击退五兄弟的呢？我想来想去，就只有靠拼命了。

旧时帮派火并，常有人自切一指或自捅两刀，而令对方退走。因为对自己能狠得下手的人，对别人当然更狠，如果没有做好承受这样损失的一方，就会知难而退。

江文生对自己，无疑能做到狠到极点，怕是引刀自宫这样的事情，都可以不皱眉头就做出来。因为他已经不是他自己了。

想象一下五兄弟和江文生冲突的情景：刺了他一刀，他竟然没有痛呼倒地，而是一声不吭地用手将刀硬生生掰断，即便手指都被切得只剩一层皮连着也恍如无事；打断了他的胳膊，照样还是冲上来，用刺出来的白骨渣子扎你的眼睛。一个人可以狠到这样，即便是五兄弟这样的恶人，也会心里直冒凉气，在还有战斗能力的时候就逃走吧。

而江文生被打成这样，就算痛觉传不到脑太岁身上，就算脑太岁能做到控制血管迅速止血，但宿主本身也会变得十分虚弱。伤成这样，当然要找个僻静的地方好好将养，不能再开车了（林杰的回忆录上，车被五兄弟卖了，未做追查，下落不明）。打斗地点离六里岭这么近，江文生会不会就直接遁入六里岭了呢？

六里岭，六里岭。虚假记忆里的六里岭小火，真实世界中的六里岭大火。当年在六里岭，到底发生过什么事情？

手机短信的"嘀嘀"声把我从一大堆想象里唤醒。刚才的片刻间，老板娘到底和我说了什么，我竟完全没有听见。哈，这就是我自己的方法了，先大胆想象，然后从想象中找出最具

可能性的，再和现实里的线索对照。

带着一点自得，我低头去看短信，脸上的肌肉立刻就僵住了。

老板娘发现我的表情有些不对，也停了嘴。

我慢慢抬起头，冲她勉强笑了笑。

"咋了？"这个把自己的私事都摊给陌生人看的女人，问起别人的私事也毫不含糊。

"哦，啊。"我随口应着，满脑子被这条短信占领，想着自己此时该怎么办、该做何抉择，已经没有余力应付老板娘。

决定很快做出。我对老板娘抱歉地一笑，说："不好意思，家里有点急事，需要打个电话，我一会儿再过来聊。"

"哦，没事，你忙，没关系的。"

我回到自己的房间里，拨通了梁应物的电话。

"找到脑太岁线索了？"他问我。

"没有，张岩给我发短信了。"

"什么！"梁应物和我一样大吃一惊。

"短信内容是'帮帮我，急'。可是我这儿进行到一半，刚有了点眉目。而且就算我立刻开回上海，一千六百公里，怎么也得是明天的事了。"

"明白了，电话给我，我来和她联系。我会处理好的，你只管把脑太岁调查清楚。"

"记住她听不见的，只能短信联系。和她联系上了，有什么

情况你得及时告诉我。"

挂了电话，我发了两条短信。一条把张岩的手机号发给了梁应物，一条告诉张岩，我目前不在上海，委托我最好的朋友梁应物去帮助她。

张岩手机关机后复开机，失踪后再次出现，其间发生了什么事情，她又身陷怎样的困局中，被迫向我求援？这些疑问在我心里升起来，又被我硬按下去。我身在邵阳，怎么想都于事无补，我得信任梁应物，我们的交情和他的能力都当得起这份信任。

整理好心情，我没立刻回想老板娘讲的，而是顺着先前的思路，继续想下去。

六里岭。

如果我是脑太岁，原本想遁入无人区，但计划赶不上变化，半道碰上这件倒霉事情，搞得宿主身体极度虚弱，该怎么办呢？

我一定能想到，后面是必然有追兵的。也许原本我有把握甩了追兵，但现在肯定不行了，所以我得做好被追上的准备。而当我有准备的时候，猎人和猎物的关系就倒转了。我糟糕的身体状况可以麻痹敌人，我甚至可以在身体上做一个假的明显的凸出物来吸引子弹，把敌人引到陷阱中去。

至于陷阱怎么做，我相信脑太岁有太多手段。比如，作为法医，江文生车上很可能会有药剂箱，利用里面的药品，没准

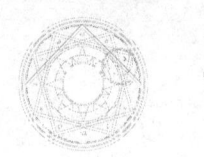

可以调制出土法麻醉弹呢。

我自认为这种猜想，完全是有根据的。因为林杰确实败了。他是在从五兄弟那里得到江文生的线索之后失手的，一个受了重伤的人，如果不是早有准备，怎么能赢过林杰呢？恐怕他还赢得颇为轻松，因为他原本未必猜到，追兵只有一个人。

击倒了林杰，然后附在他身上，编织了一段虚假记忆，以绝后患。再后来，嗯，应该就要物色另一个附体对象了吧。

会是一个怎样的人呢？

线索太少，我也不能无意义地空想，就先跳过。想想五兄弟，他是怎么杀死五兄弟的？

多半是利用林杰的身份，编了个理由把五兄弟诱到六里岭，杀掉之后再放火烧山，毁灭一切证据。

我的思绪开始在这个节点上打转，因为我总觉得，有某个关键点被我漏过去了。

杀了五兄弟，怎么杀的呢？一定是在烧山前杀的，因为要确保他们死亡。是用……对啊，用枪，林杰是有枪的。我相信林杰的枪法一定不错。

林杰的回忆录里提到自己开枪，他开了……我飞快翻开回忆录，看见上面写着，一共四枪。

的确只有四枪，剩下的子弹，回上海以后都是要上缴登记的。

就算一枪一个，有五兄弟，为什么只开了四枪？

想到这里，我也明白了刚才漏过去的关键是什么了。

是尸体。

江文生的尸体去哪里了？山火只烧了两三天就被扑灭，如果房氏兄弟的尸体没有烧化，那么脑太岁更换宿主之后，死去的江文生的尸骸也该被发现才对。

但是大火中就发现了五具尸骸，没有第六具。

而林杰只开了四枪。

我又在想象当时的情景了。林杰飞快地开了四枪，射倒了四个人，然后呵斥剩下的那个不要动，走过去，用粗树枝将其敲晕。他捡起弹壳，又把死人身上的弹头挖出来，燃起山火。被山火焚烧的只有四兄弟和江文生，而他则带着昏迷的那个出了山。

一定有人知道房氏兄弟进山，所以当发现五具尸体的时候，所有人都会以为五兄弟都死了。不知法医验不验尸、验不验牙，这样的小县城里，恐怕未必会一具一具地验过来，只要确认其中的一具是房氏兄弟中人，其他的就自然认定了。其实还有一个活着，但是这个活着的，并不能称他为幸存者，因为他就是那个继林杰之后被脑太岁附体的人。

一个所有人都以为已经死去的人。

如果脑太岁附体江文生的时候，已经感觉到能量消耗过大，那么当它被迫附体林杰和房某之后，肯定陷入极度虚弱的状态，急需调养。

哦，等一下，我刚才想到的是什么？我理了一遍刚才的思路——附体林杰和房某，哈，对了，对了，居然有一个现成的线索，我到现在才意识到呢。

越是简单的事情，越是容易被忽略。脑太岁在江文生之后，寄生到了林杰的身上，为林杰编织好虚假记忆后，又寄生到另一个人——目前假设为房某的身上。这其中有一个接力点的问题。

从江文生到林杰，因为江文生应该是解除寄生状态后就死了，所以无所谓接力点。但从林杰到房某，这个转移宿主的接力点就值得细细推敲了。

因为林杰被脑太岁"释放"之后，他就恢复了自主意识，那么，他脑中那段虚假记忆的最后节点，就必须和清醒后的第一刻严丝合缝。

听起来这似乎挺简单，比如假装停车时打了个瞌睡，趴在方向盘上迷糊了一会儿，醒过来继续开车回上海，这不就行了吗？其实不行。

因为林杰背上的伤口。寄生必须要突破宿主的皮肤，直接连通神经系统才行，所以必然会产生伤口，就是那种愈合后呈铜钱大小的圆疤。以林杰的精明，哪怕用更大面积的伤口来掩饰这两个疤都是很冒险的，所以就要求短期内绝不能让他发现这两个圆疤。

这不仅要求寄生时预先挑好位置——得是不容易被自己看

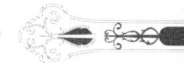

到和摸到的地方，更重要的是，在林杰恢复意识后，不能感觉到疤。不能痛，不能痒，不能麻。

我相信脑太岁多半能做到，在离开林杰的身体前或者附身房某后，用某种生物方式刺激林杰伤口细胞，让伤口迅速愈合。

但这不是魔术，伤口愈合得再快，也必然需要一段时间。愈合——结痂——痂脱落，怎么也得好几个小时吧。而且脑太岁那时候的状态是如此虚弱。

这几小时甚至是十几小时的时间，该怎么让林杰认为是正常停留，不起疑心呢？

我只想到一个办法——旅店住宿。早晨在旅店醒来，带着虚假记忆返回上海，再正常不过。这样，脑太岁可以在离开林杰身体后让他昏睡至少十几个小时，令其伤口愈合。而这个充当记忆衔接点的旅店，则必定在林杰的回忆记录中有所体现。

没错，就是我身处的这家旅店。有一种兴奋的战栗从我的后颈蔓延开去，在我的冒险生涯中，每一次突破迷雾，都会有类似的感觉，这就是我爱的生活，我能从中感受到自己的价值所在。

而林杰住在这家旅店的那个夜晚，脑太岁的最后宿主房某也在。他是被拘束着，更可能是昏迷着进入这家旅店的，被寄生后自行离开。他就是我要找的目标。

梁应物后来告诉我，要不是我在短信里提醒一句，他还真有可能收到短信后，就直接拨过去了。无论如何，差不多在我意识到旅店老板娘价值所在的时候，梁应物就已经和张岩取得了联系。

梁应物发给张岩的短信内容如下：

我是梁应物，受那多所托与你联系，你可如信任他一般信任我。这些天许多人都在找你，你现在情况怎样？我会竭力帮你。

他设想了许多种张岩遇到的恶劣状况，但事情还是出乎他的意料。这不怪他，换了我也一样想不到。

短信发出之后，不到半分钟，回信就来了。

别告诉警察和我爸妈我回来了，你现在有时间吧，能见面详谈吗？

梁应物立刻就注意到这条短信中的"我回来了"四个字。这么说，她是自己离开的？

立刻发了同意见面的短信过去，张岩回复的见面地点是浦东的一个街口，靠近八佰伴百货。

仅仅只用了不到半小时，梁应物就见到了张岩。她站在红色电话亭边，蓬头垢面，神情焦虑不安，仿佛困在孤岛上的求

生者。

"帮我。"这是她见到梁应物的第一句话。

而这个时候，1600公里外的我已经从老板娘那儿获得了最关键的一条信息。这是决定性的，既肯定了我之前的一切想象，又将把我带到脑太岁的面前。

很多时候，事情总是在你想不到的地方获得进展。原本我以为，确认了林杰和房某曾在这儿住过，向老板娘稍一打听，线索就会送上门来。不料林杰当时无比低调，我仔细形容了他的长相，自诩记忆力超群的老板娘，起先压根儿就想不起来当年店里住过这么一个人。我忽然醒悟，说这人是开了一辆沪牌的警车来的，应该就停在院里，老板娘才一拍大腿，说确实有这号人。

据回忆，林杰是白天来开的房间，当时是一个人，根本就没怎么搭理老板娘。晚上林杰还扶了个醉鬼回来，老远就能闻到一身酒味。不用说，这个人就是被浇了酒做掩护的房某了。

老板娘没看见醉鬼的面容，他该是第二天五六点光景离开的，那时候看店的是雇请的年轻女服务员。

以老板娘对林杰住店的印象这么浅来看，我相信这个女服务员也没看清楚房某的脸，他肯定是用帽子之类的东西把脸遮起来了。否则，女服务员一定会告诉老板娘，说看见了个酷似死鬼的家伙。

　　我眼瞧着路又要走不通，只好把话题再扯回房氏五兄弟的身上。照理说脑太岁会很注意让房某的面容不被人看见，并迅速离开当地，以他们五兄弟的恶名远扬，万一被认出来，假死的把戏就玩不转了。万一发生帽子被风吹走之类的意外，让人瞧见了一眼呢。一发生这样的事情，民间很容易会有些流言的。

　　小概率的事情，如果是坏事，那么多半会发生；如果是好事，那么多半不会发生。这是我多年来的经验，所以只是抱着试试的心态，没想到居然有了收获。竟真有流言，虽然和我设想的产生方式有所不同。那是个概率更小的事件，只能说脑太岁很不走运，但那个撞见脑太岁的人，运气就更差了。

　　事情发生在 2007 年春，刚过了正月十五元宵节。正是农民工返城的时节，这里也和全国许许多多个二三线城市一样，有大量去省城或大城市里闯生活的人。刘春城就是其中的一个，年近四十，做过十几份不同的工作，却还是一事无成。2007 年开春，刘春城靠着之前的一些积累，去了南昌，想做些小五金的生意。

　　才刚在市里寻了个地方租了个店面，前院开店、后院住人，还没开张呢，给家里打了个电话，说看见个人，长得很像房祖仁，也就是房家五兄弟的老幺。当时他惊诧之余，还上去打招呼，那人却像是被吓了一跳，没搭理他，快步走掉了。

　　这个刘春城也并不是真认定了房祖仁还活着，但五兄弟死于山火这事，早就被全县城的人都传遍了，这次看见如此酷似

的人，就当作件稀罕事情，告诉了家里人。

家里人听后，也就只是笑笑而已，并没当成一回事。没想到，过了几天，警察找上门来，说刘春城死了。

这案子听说被定性为入室行窃被发现后持刀杀人，凶手逃逸，一直没有抓到。但是刘家人联想到刘春城之前的那个电话，就怀疑是房祖仁杀的人，一度要求把五兄弟的墓扒开来，DNA验尸，看这五兄弟到底死了没有。

房家当然不肯，闹了一阵，也就渐渐平息了。

我听了大感振奋，这正符合我的推测：房氏兄弟里，有一个人没有死，而是被脑太岁附体了。

公安部门对于刘家的说法不支持，因为在他们看来，房氏兄弟并没有借山火假死的理由，更没必要假死被发现后杀人灭口。但是我知道理由。

时间还不算太晚，我急着想去刘家打听个究竟，正琢磨编个什么理由，从老板娘那儿问出刘家的地址，这碎嘴的女人却主动开了口。刘家死了主心骨，没过多久，就搬离邵阳，听说投奔一个在义乌做小生意的亲戚去了。老宅没卖，但空着有一年多了。

去了义乌，这怎么个找法呢？

我和老板娘扯了会儿，再没能获得什么有用的信息，谢过了她的好饭好茶好谈资，一副心满意足的模样回房去了。

躺在床上的时候，我打定主意。不去义乌，直接去南昌。

拨了林杰的电话，要他帮着联系南昌警方，然后我又拨了梁应物的电话。

张岩其实不曾失踪过，自始至终，她都没有失去过自主行为能力。

她孤身一人，混入了流浪汉中。当梁应物告诉我，张岩这几天的去向时，我心里如打翻了五味瓶，百般滋味混杂在一起。

我还记得第一次见她时，那一身的公主打扮，还记得去她家里时，她拿着小茶杯上的生气脸给我看时的骄傲神情。这样一个女孩子，竟然肯风餐露宿，混到流浪汉中，整天靠乞讨为生，与跳蚤、老鼠、蟑螂为伍。

甚至连我打心底里都嫌这种方式太累太脏太没面子，迟迟不愿采用。可是张岩毫不犹豫地去做了。

真的是毫不犹豫。回想起她的"失踪"时间，差不多就是在我被王队和当地派出所踢来踢去的时候。她可能从我给她的短信中，感觉到事情并不顺利，立刻就决定不单依靠我，自己去查个清楚。

她在衣服里缝了很少的钱，翻出多年前的一只旧手机，带上一把刀，就这么去了。在很长一段时间里，她怕露馅，连手机都是关着的。

梁应物见到张岩，错愕之下，也说了句错话。他感叹说，流浪汉里可有一些是无法无天的家伙，你一个弱女子居然混在里面五六天，没什么事情。说完他就觉得不妥当了，因为如果

已经发生过什么不幸的事情了呢?

张岩却很坦然地回答,只要睡觉的时候,握着刀把不放就行了。至于其他具体如何打入流浪汉群体,如何被他们接受,其中必然有许多的磨难乃至自污,张岩就不愿多说了。

我后来回到上海和她见面,再一次感叹她的勇气,她撩起左手臂的袖管,把手臂上的刀痕给我看。

"难免有些人想占我的便宜,可我又要尽快和他们混熟,还要从他们嘴里打听消息,一般的摸摸蹭蹭也就忍了。碰上要得寸进尺、真想干什么的,我就割自己一刀。他们就缩掉了。"她淡然地说。

她手臂上,长长短短的刀口,少说也有六七道。

这女孩一股子的干脆劲和狠劲,着实让我叹服。

张岩的境况,和我们之前设想的那些危局大相径庭,梁应物听了不禁有些奇怪,人身安全没问题,这么急急忙忙、慌慌张张地求助是为什么呢,难不成,已经打听到了刘小兵的去向了?

张岩当然还没这么神通广大,但她这几天并不是全无收获。关于失踪地道的传闻她听了一大堆,这些并无多少价值,一大半是我此前已经打听到的,另一小半也是牵强附会,没有站得住脚的线索。可是在失踪地道之外,据说有个地方,近半个多月也连着失踪了两个把家安在那儿的流浪汉。

因为失踪地道的传闻在流浪者中甚嚣尘上,所以流浪汉们

现在对类似的事情十分敏感。换了从前，不见两个人，大家会觉得是搬走了，回乡了，都不当回事。可是现在，就传得非常邪乎，都说是因为失踪地道没有人敢去住了，所以厉鬼换了地方抓人，那儿以后就是失踪地道第二了。

这个"失踪地道第二"和砸晕我的两兄弟住的地儿差不多，也是高架桥的桥洞，不过是在靠近杨浦大桥浦东段的地方。张岩听说传闻，则是在八佰伴附近的流浪汉群落里。从传言散播的地域广度，足可见得这一连串的失踪事件，已经在流浪汉们中间造成了相当程度的恐慌。

打听到这样的消息，算是阶段性的成果了。张岩性子直，但不是莽撞的人，我初见她时的那些印象，多半源于她的不谙世事。所以她没有直接冲去传说中的失踪桥洞调查，而是想把她的调查成果先告诉我。

她再次打开手机，大量的积存短信蜂拥而至，其中有我的，有她的父母及公公婆婆的，有警方的，还有一些好朋友发来的，立刻就让她知道了自己正面临什么情况。

张岩之前根本没想到，事情会闹成这样。她本来想暂时把刘小兵失踪的事情瞒下来，结果刘小兵父母现在都已经到了上海，担忧焦虑，急得团团转。自己父母那儿还好说，张岩实在不知道该如何面对公公婆婆，一时没了主意，连家都不敢回，这才发短信向我求助，想让我给她出出主意。

梁应物让她别急，给她在旁边的汉庭酒店开了个房间好好

洗个澡，在八佰伴买回来干净衣服给她换洗，还有份麦当劳的汉堡套餐。等收拾停当，张岩缓过了精气神来，梁应物给她出了个主意。

"你躲着不见人，总不是个主意。至少，你得告诉你爸妈你没事，否则让他们总担心着你，对他们的身体也不好。我的建议，别直接联系你爸妈，我来向警方打个招呼，让他们和你爸妈说找到你了，有一个间隔缓冲。有哪些能说，哪些不能说，怎么说，我们得先商量一下。有个失踪地道什么的，最好不要说，警方不会相信的，除非有许多证据，他们自己调查得出这个结论才行。可是现在没证据，你一说，不管是警察还是你爸妈、刘小兵的爸妈，都会觉得你脑子出了问题，这样一点帮助也没有。"

"那我该怎么说，怎么解释我这些天去干什么了？"

"你可以说，查到刘小兵最后可能出现的地方，是那条失踪地道。你想知道，那天夜里有没有什么住在地道里的流浪汉见过刘小兵，所以这些天你一直混在流浪汉的群体里，打听有谁在那个晚上住在失踪地道里。这样说，真真假假，真的比假的多，这些天的行踪也不必对警方隐瞒。大家虽然不见得认同你突然出走的行为，但都会觉得，你忽然之间没了爱人，失了方寸，会同情你的。"

张岩想了很久，谢谢梁应物，说这是个好主意，但她不准备采用。

"我不想骗我爸妈,更不想骗宝宝的爸爸妈妈。既然他们已经知道宝宝不见了,我就要把我知道的都说出来,即便他们觉得我疯,觉得我傻,觉得真不该让宝宝娶我,我也得说出来。这是我必须做的,也许他们相信了呢,也许他们会用他们的力量,一起来查呢?哪怕只有很微小的可能性,我也要说。"

"我一点都不意外,因为她就是这样的人。"我后来对梁应物说。

"真是个死心眼的女孩,你有时候也是这样。"梁应物说。

我觉得这是在夸我。

梁应物帮她跟警方打了招呼,做好铺垫,反复叮嘱她,不要再突然消失,尤其不要自己跑去那个失踪桥洞调查。

"你现在要做的事情,就是回家去,把家人的情绪平复下来。如果你再自己跑去失踪桥洞调查,甚至再次假扮流浪汉睡在那里,万一出了什么事情,哪怕你只是又消失两三天,你家人的心理也会承受不了的。你这个线索,就交给我和那多了。"

"你们会怎么做?"张岩执着地问。

"那多还没回来,我先去核实你这个信息。"这种没边没谱的传闻,警方通常情况下是不会管的,就算确认了那里失踪过一两个流浪汉,警方也很难做出断然举措。封锁桥洞不让流浪汉住?或者由警员假扮流浪汉住桥洞卧底?这些都不可能。就算在桥洞加装摄像头,都要级级批报申请经费才行。大案要案,领导批示就可以加快进程,省略手续,但仅仅事关流浪汉,又

没有死者、没有人证物证……所以，暂时一切还只能靠我和梁应物的个人关系、个人力量去做。

在我和梁应物通过电话之后，梁应物把我们商量后的决定转达给张岩。

"如果那个桥洞的确在发生失踪案，那多说，给他两天时间。两天内，如果他回得来，他去假扮流浪汉住桥洞。回不来，我去。这件事情，我们管到底。"

次日，我起了个大清早，闹铃响时，发现自己昨夜居然和何夕电话打到一半时捏着手机睡着了。到八点多，我在国道转到高速入口前停下来给她拨过去，她说："忙着，好好开车。"下一秒就挂了。完全是何氏风格，但我总觉得相比从前，少了分冷冽、多了分温柔。

中午时分，进入南昌市区。事情过去了这么几年，城市在市政建设的大变革中早就改了模样，当年的罪案现场已经不在了，道路拓宽，周边平房全都拆除了。林杰帮我联系了当地刑警徐亮，关于那宗案子的一切，也就只能听他叙述。好在他记得很清楚，说得很详细。记忆力是好警察的必备素质，但几年之后还能这样如数家珍般娓娓道来，也许是这宗案子给他留下了深刻印象。

"最早的时候，也没觉得和其他的恶性案件有什么大区别，死了个人，嫌疑犯潜逃。这种事情，常常发生。"徐亮说道。

第八章

生者与亡者

Chapter 8

　　"就是这条路，不过和当年完全不一样了。"徐亮指着一条来回四车道的柏油路对我说。

　　这是条沿河路，那时候刘春城租下房子的位置，现在已经是河滨的景观绿化带了。

　　"案发时间在 3 月 1 日凌晨零点至两点间，这里在 2006 年时还比较荒，这样的时间段，没什么路人。死者租下的店面是路口第一间。157 号和 159 号没租掉，空关着。161 号和 163 号那晚没人住。165 号及对面的 154 号、156 号都反映，在凌晨 1 点左右，听见犬吠声，大约持续了五六分钟。还有人听见大声喊叫，有的说一声，有的说两声。"

　　"犬吠？"

　　"对，刘春城好狗，从老家邵阳带来的，一条拉布拉多，养了五年。这条狗现场没找到，不知所终。到了 3 月 2 日，因附近起火，房东担心房子，又联系不上刘春城，跑过来看情况。

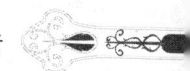

开了门后，见刘春城倒卧在后院中，周围有大量凝固鲜血。当年入春很早，最高气温差不多 20℃，刘春城的身体已开始轻微腐烂，还有很多蚂蚁。"

徐亮点了支烟，说几句抽一口，说几句抽一口，一会儿就抽完一支。警方介入后，现场勘查诸多痕迹，初步判断这是入室行窃被发现，刘春城与歹徒搏斗后身亡。其实屋内并没有翻找的迹象，也有可能是仇杀，但考虑到刘春城刚来南昌，本地没有仇人。而刑警赶赴邵东调查后，刘的家人也想不出任何有这种深仇大恨的仇家。所以，警方最后认为寻仇的可能性较低，应是小偷入室时被发现，两人发生打斗，刘在打斗中死亡，而凶手在惊慌之下，顾不得偷东西，迅速逃离了现场。

从现场痕迹来看，歹徒闯入前院时发出声响被刘听见，刘取了菜刀躲在门后，等门被撬开后，当头就是一刀。

"这么说，第一刀是刘春城砍的？"我问。

"很可能。我们在刀上发现的血迹化验为 A 型，而刘春城的血型是 AB 型。"

房氏兄弟的血型就是 A 型，我已经在邵东县医院查到了。

"但是，按照常理，偷东西被发现，特别是先被砍了一刀，难道不该迅速逃跑吗，怎么会立刻做出足以让刘春城死亡的反击呢？"

"这的确是个疑点，但人在紧急时，常常会作出违反常理的反应，而且有些凶悍的家伙，说是偷、撬锁的时候，手里都握

着把刀，以便在被发现时威慑对方。一旦有人反抗，立刻就是一刀上去。"

"刘春城挨了几刀？"

"两刀。左上臂一刀，胸前一刀。后者是致命的，直插心脏。凶器是带血槽的三角匕首，只要在胸腹区捅一下就是致命伤。"

"那么凶手吃了几刀？"

"从现场情况看，可能也挨了两到三刀。刘春城在门口被反击，他左上臂的刀伤就是在门口受的，然后他往房间里逃，在卧室里发生最后的打斗，从血迹看，他又砍中了对方一到两刀，对方只捅了一刀，他真不走运。"

"已经拔刀互砍了，在门口的时候刘春城先发动攻击，反击只令他左臂受伤，为什么他反而往屋里逃呢？"

徐亮耸耸肩："这也是我疑惑的地方。两人的第一回合里，刘春城明显占了便宜，而他敢持刀堵在门口抢先下手，也不缺乏勇气，怎么会一击之下返身就逃？或许是刘春城看清楚了对方手里的凶器，了解这种匕首的危险性才跑的。"

"有谁能在这种情况下，还如此冷静地判断武器威力呢。就算他有这么冷静，怎么会逃进房里，那是一条死路呀。你看会不会是他认识这个闯入者，而且很惧怕他，所以尽管先砍中一刀，但看清楚对方的脸后，下意识地逃跑？"

徐亮笑笑："你是想说刘家所谓的'死者复生'？这事可

就有点荒谬了。"说到这里，他摇了摇头，神情间又带着些疑惑。

"但是……不是……"他犹豫着用词，又说，"其实我本来是觉得，虽然找不出刘春城有什么仇人，但从现场看，寻仇的可能性也是相当大的。"

"本来？那是什么让你改变了看法？"我问。

"有个问题我憋了很久，你到底是为了什么来了解这宗旧案的，是为了刘春城，还是为了杀他的那个人？"

我一时语塞，这事说来话长，而且坦率相告，也许并不合时宜。

"好了，好了，不必回答。其实这和我完全没有关系，我只需要满足你的好奇心就行了。"

"谢谢。"我说。

此时，我的脑海里已经开始构筑那晚的情景。

凌晨一点，银光满地，月色微凉。一个穿着深色衣服的人悄无声息地贴着墙根走着，他微低着头，或许背上有驼峰突起，或许小腹有明显的脾酒肚，当然这些都是掩饰，如果把他的衣服掀开，将看到一个狰狞可怕的肉球，随着他的呼吸一起一伏，如有生命一般，哦，是的，它就是有生命的。

他抬头看看门牌，157 号，正是地头。他飞快地四下张望一遍，然后找到白天标记过的地方——这儿的外墙残破了，凹凸不平，正适合踩脚翻进院子。他用带着的长柄铁锤把院墙上

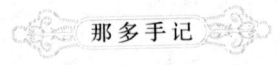

插着的碎玻璃清出一个缺口，然后把铁锤随手一扔。第二天这柄铁锤被附近一个居民捡回家自用，几天后主动交到警局。但指纹已经被污染，无法再提取凶手的指纹，更有可能的是凶手本来就戴着手套，没留下一点痕迹。警方顺着铁锤追溯来源，结果是一个建筑队几天前失窃的，线索就此中断。

扔弃铁锤后，他用厚布缠住戴了手套的手，这使他翻墙而入时，没有被玻璃渣刺伤手掌。可是当他落地时，那条拉布拉多开始大声咆哮起来，这或许是他没有料到的。

"哦，对了，那条狗呢，当时它是关在笼子里还是拴在院子里看家的？"我问。

"狗是拴在院子里的，现场留下半截狗链，是被挣断的。可能这条狗挣脱了狗链，想救主人，却没能办到。我怀疑狗是追着凶手去了，反正后来，这条狗再也没有回来过。我们此后也在市内的医院调查过，看有没有被狗咬伤的可疑人物，没结果。"

犬吠骤然响起，他只怕也吓了一大跳，看清楚那条大狗被链子拴在树上，才心定些。顶着狗吠，他飞快地来到门前，门锁是最普通的司别灵锁，把螺丝刀插进去，一扳就开了。然后迎面就是一声大喊，比唾沫星子更快的，是刀。

被狗惊动了的刘春城，飞快地从厨房取了把菜刀，守在门后。他以为是鸡鸣狗盗之辈，对付这种人，你狠他就软，你软他就狠。他举着刀，打算等那家伙进门的那一刻，给他个厉害。

听着外面声响，撬门的那一刻，刘春城吸了口气。门开了，冷风从门前黑影的两侧灌入，他一刀砍下去。

他可能砍偏了一些，没有照着最致命的部位来一下。因为尽管是小偷，真砍死了也得判防卫过当。砍中一刀的时候，借着月光，他也看清了黑影的脸，那竟是一张死人的脸，因为受伤而格外扭曲可怕。

死亡是人最大的恐惧。看见从死亡中归来的人，真真切切地站在面前，那一瞬间，巨大的惊骇让刘春城转身就逃。他逃得如此之快，以至于黑影的反击只是在他的胳膊上开了道口子。

然而逃得再快，却是一条死路。在最里面的房间，他被黑影堵上了。刘春城发出最后的呼号，拼命挥舞着菜刀抵抗。他又砍了黑影几刀，也许是重创，也许只是皮肉伤，但不论是怎样的伤，黑影连眉头都不皱一下，仿佛不是砍在他身上，根本感觉不到痛。实际上，他极有可能真的感觉不到痛。

黑影只捅了一刀，直插心脏的致命一刀，然后离开。

狗呢，狗是什么时候挣脱了链条的？是在两人搏斗的时候吗？那它也没能救回自己的主人。或许是在黑影离开以后，忠犬在主人的尸体旁悲鸣几声，循着黑影的气味，追踪复仇而去。

"凶手是怎么离开的？一个受伤的人和一条大狗，没有痕迹留下来吗？"我问。

"房子有前后门，前门沿街。从后门出去，本来是沿河的荒地，有许多垃圾。案发现场，后门是虚掩着的，院内有零星血

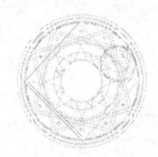

迹通向后门，所以从后门逃逸应该没错。只是出了后门以后的
去向，是啊，荒滩上，一个浑身是血的人走过，怎么会不留下
痕迹呢？"

"这么说你们找到他从后门出去的痕迹了？那线索又是怎么
断掉的呢？"

"没有痕迹，没有线索。你记得我之前说过的那场火灾吗？
那把火就是后面河滩上的垃圾烧起来的。有人往那上面浇了汽
油，是蓄意纵火，后来我们摸排了很久，也没找到纵火犯。消
防车来得及时，火很快就扑灭了，可那种情况下，就算原本有
痕迹，也都在水火夹攻下消失了。"

"你们有考虑过，是凶手回来放火烧了痕迹吗？"

"为了消灭一点点痕迹，这动静也闹得太大了吧。"

"手段是比较过分，但这是最方便的一种吧。"

徐亮摊摊手，说："好吧，其实我怀疑过，但光怀疑有什么
用。我还怀疑这案子另有隐情呢。"

我顿时来了精神，问："什么隐情？"

"后来这宗案子，还有些刘家人不知道的后续。"

"啊？"我张大了嘴。

"因为我们组里的意见也不统一，有的认为两者之间没有关
系，最多只是些巧合；有的，像我，认为那就是后续的发展，
是本案的延伸。如果不是太匪夷所思的话，我想所有的刑警都
会和我的想法一样。"

158

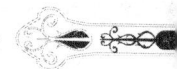

我等着，他会说出什么让我大吃一惊的话。

"也许，我们已经找到凶手了。"

"什么？"已经有的准备，还是大出我的意料。

"当年 3 月 17 日，在那儿，发现了具无名尸。"

我顺着徐亮手指的方向望去。

"河里？"我问。

"对，这河很深，中心最深处将近十米。尸体本是被铁链缠着的，但绑得不紧，铁链松脱后浮了上来。法医检验，死亡时间半个月。死亡原因……"

徐亮说到这儿卡住了，一副难以启齿的样子。

"死亡原因是什么？"我追着问，心里预感到，或许接近下一个通往太岁的线索了。

"这死人全身上下，都被狗咬烂了。是被同一条狗咬的，一条大型犬。"

"拉布拉多？"我脱口而出。这个答案没有任何逻辑可言，纯粹是我的直觉。我第一个想到的就是那条失踪的拉布拉多。

"从齿痕检测上，拉布拉多的牙齿的确符合，当然，在水里泡了这么多天，伤口已经腐烂变形，拉布拉多是符合的犬种之一。"徐亮虽然这么说，但我看得出，他第一个想到的也一定是那条拉布拉多。刑侦办案里，直觉是很重要的。

"为什么你觉得浮尸就是凶手，他身上有刀伤并且经刀痕比对和刘春城的菜刀符合？我能不能看一下这人的照片，你们应

159

该有拍下来吧？"

"我说的只是我个人的感觉，没有证据，否则这案子早就破了，还用拖到现在变成无头悬案？哈，照片是有，你不会想看的。"

我以为他怕吓到我，就说："我可见过不少恶心可怕的场景，你不用担心照片会……"

"哦不。"徐亮摆手说，"你看照片，是不是想认一下，这人长得和刘家人所说的房氏兄弟像不像？没用，没人能认出那家伙了。我刚才不是说过，他全身都被狗咬烂了吗？"

"你是说他的脸也被咬烂了？"

"脸，手指和脚趾，胸腹大片区域和四周头颈的其他一些地方。所以，没有相貌，没有指纹，没有刀伤，没有特殊身体特征。如果不是法医反复确认过的确是狗咬的，我甚至以为那是一个人精心啃过的，几乎把能证明一个人身份的所有地方都摧毁了。"

我被他这句话惊得心头一跳，一个想法冒了出来。真的会是这样吗？

"几乎？还有什么地方留下来的？"我又问。

"我们能知道他的血型，知道他的身高，根据颅骨复原出基本的相貌，还有牙齿。但光凭这些，还圈定不了死者身份。"

我笑笑，说："我打赌，你肯定拿这个死者比对过房氏兄弟吧，结果怎么样？"

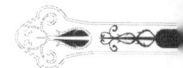

徐亮取出张复印图递给我，就是那种通过专业电脑软件复原出来的人脸图。

"血型是 A 型，和刘春城案现场收集到的凶手血型相符，房氏兄弟的血型也是 A 型。年龄在 22~27 岁，房家老四、老五都是这个年龄段。相貌上，这种电脑还原图，至少以我们现在的技术水准来说，还原出来的脸和真实的脸难免有误差。算上误差，大概有 20%~30% 的适龄男子都符合这幅图，房氏兄弟就在这个范围里。身高、体格来说，和房家老三、老五接近。而牙齿嘛……"

徐亮摊摊手，无奈地说："当地县医院记录不全，查不到。而 DNA 检验，理论上是可以检测死者和房母的 DNA，但当年我们的技术条件不具备，就没做。"

"你的直觉呢，直觉他是吗？"

"我直觉他是房家老五房祖仁。"徐亮说，然后补了两个字，"可能。"

"这么说，刘春城并没看走眼，他真的看见了房祖仁。"

"但这宗案子离奇的地方不仅在于死者的身份，还在于他究竟是怎么死的。当然我不是说死因，他咽喉被狗咬得很深，这可能是致命伤，或者他是死于流血过多，如果他身上原本就有一些刀伤的话。至于大部分的狗咬伤，我认为都是死了之后咬的。当时让我们很疑惑的是，他到底是谁杀的。我很难想象，会有一条狗如此精细地把他'梳'了一遍，除非是有训狗师在

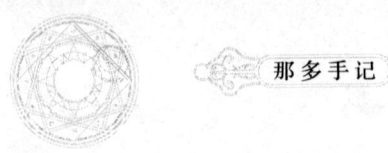

旁边，指挥狗咬哪儿。但如果出于掩盖死者身份的目的，有大把更有效的办法，何必用狗。"

徐亮说着说着，眉头越皱越深。尽管过去几年了，但案件的疑云一直在他心头，没有消散。

"我们在尸体附近的河底，找到了把匕首，和刘春城尸体上的伤口比对后一致，确认是凶器。但依然无法认定浮尸就是凶手，因为站在凶手的立场考虑，他从后门逃走，最有可能丢弃凶器的两个地方，就是垃圾堆和河，所以找到匕首说明不了什么。假设浮尸就是凶手，太多事情解释不通。他手持利刃逃走，被狗追上撕咬，他必然反击，不可能一刀都没有刺中狗。这样的刀只要捅进一刀，狗就活不了，那么狗去了哪里？不要说被火烧了，火是 3 月 1 日夜里十一二点起的，几小时后就被扑灭，根本来不及把狗尸烧成灰。我的同事询问过 1 日白天经过河滩的拾荒者，没人看见过这样一条狗。"

"还有尸体上的铁链。"我叹了口气说。

"对，尸体上有铁链，如果他是凶手，就说明当晚还有第三个人。但是在命案现场没有发现第三个人的痕迹，这第三人是凶手逃跑时突然出现的吗？说不通。"

"那么，尸体是怎么被扔进河里的呢？这河还挺宽的呢，是扔在河心吗？"

徐亮的神情一凝，瞪着我，问："你为什么问这个问题？"

"哦，我只是随便问问。"

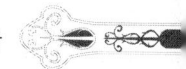

徐亮盯着我看了很久，嘴里喃喃说："真是疯了，你和我一样疯。"

我等着他的回答。

"其实有很多办法，水性好的人可以拖着尸体游一段再松手，或者弄条小船。当然，如果你问我是怎么看的，凶案第二天，这一河段的清污工人在附近河面上捞起过一些小块的泡沫塑料，还有绳子。我想，这可能是大块泡沫塑料的残余部分。垃圾堆上有许多这样的泡沫塑料。别问我绳子的断口，清污工人不会注意这些细节，能回忆起绳子和泡沫塑料就不错了。"

没想到徐亮居然也和我一样，有这种奇怪念头。正常人不会关心尸体被扔进河里的方式，因为有太多种方法，追寻这个细节是没有意义的。但是太多种方法是相对人而言的，如果抛尸者不是人呢，如果是一条狗想把一个人的尸体推到河中央去呢，那就很不容易了。

狗可以嘴足并用给尸体简单地缠上铁链子，一个人加上铁链的重量，使一条狗很难拖着它们游到河中央，哪怕那是一条拉布拉多大狗。给尸体绑上浮力很强的大块泡沫塑料就行了，游到河中，再把绳子咬断，尸体自然就沉了下去。泡沫塑料却不能弃之不理，任其漂在水上，因为上面肯定沾了血迹。所以狗把大块的泡沫塑料叼走，至于那些小块的碎屑，就管不上了。

只是能做到这一点，狗还是狗吗？那就是狗妖了。徐亮想到了这点，他觉得自己真是疯了。但我显然也在朝着这个方向

想，所以他觉得我也在发疯。

然而种种迹象表明，老刑侦的直觉，都把尸体的真正身份指向杀害刘春城的凶手。但当晚小院里又没有第三个人，这个凶手是怎么死的？如果隐藏着第三个人，他为什么要杀人，为什么用如此复杂的方式抛尸？尸体上狗咬伤的真相是什么？凶手真的是房氏兄弟里的一个吗？那邵东祖坟里埋着的那五人是谁，假死的动机是什么？

这么多错综复杂的线索交织在一起，而且彼此还相互矛盾，这才让两宗案子至今未破。

徐亮不会想到，让他及当时所有办案的刑警一筹莫展的难题，对我来说，已经有了答案。

一个匪夷所思的答案，太岁居然附在了一条狗的身上，实在是时运不济，我忍不住想。

所有的事情，无法解释的原因只有一个：狗怎么可能做出那些！但太岁附在狗身上之后，狗就能做出所有的事情了。

那个夜晚，房祖仁从屋中步出，匕首上还沾着刘春城的心头热血。他小心地绕过依然大叫不止、作势欲扑的狗，从后门离开。他可能佝偻着身子，用手捂住伤口，使血尽可能少地流出来。然而他没走出多远，院里的拉布拉多终于挣脱了链条的束缚，猛追上来。

因为身上的伤，房祖仁的反应变慢了许多。他听见声响转回身来，却被大狗一下扑倒，一口咬在了咽喉上。

如果是一个人的正常反应，只要没死，肯定会反抗，会用手里的匕首去捅狗。最后的结果就是同归于尽。但房祖仁是受脑太岁控制的，第一时间，脑太岁就判断出这具寄生体已经伤重难愈，附近除了这条狗，再无合适的寄生体。当然狗也不合适，但还有什么其他办法呢。要是现在没有这条狗的存在，脑太岁还可能主动脱落在地上，等待被什么人捡走。可是有狗在，没准一口就把脑太岁啃了。

所以脑太岁只有附体在狗身上，也许是房祖仁张开双臂，任凭喉头的鲜血狂喷，任凭身体被狗撕咬，一把将狗抱住，给脑太岁的寄生创造机会。

控制了拉布拉多之后，这条狗把房祖仁的脸及其他可能暴露身份的地方都啃了一遍，然后在垃圾堆上找出根沉重的铁链，绕着尸体缠了几圈，又叼来几块大泡沫塑料，用绳子固定在尸体上，衔着拖着游到河中央，再咬断绳子将尸体沉入河底。

等拉布拉多处理完泡沫塑料再游回垃圾堆，只怕已经精疲力竭了。它大概处理了一下痕迹，发现不可能彻底清除，就在天亮前离开了。十几小时之后，它带着不知从什么地方找来的汽油，重新回到垃圾堆。在废弃打火机到处都是的垃圾摊，点把火再容易不过，火一起，再多的痕迹都消失了。

我回想了一遍脑太岁自附身赵自强之后的境况遭遇，先是赵自强被击毙，脑太岁短暂蛰伏后暴起附身控制了江文生，江文生千里逃亡，却于邵阳遇车匪打劫，互殴致重伤。为了解决

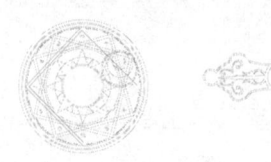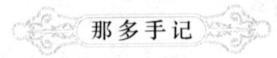

追捕，脑太岁不得已，耗费力气附体林杰，修改了记忆后又转附在房祖仁身上。起初林杰追捕时，就判断脑太岁元气受损，再经过两次附体，想必到房祖仁时已经虚弱不堪。不料短短一年后，就在南昌意外被人认出，本想杀人灭口，没想到不仅行凶时自己受了伤，还受到刘春城养的狗的致命攻击，被迫抛弃房祖仁的身体，最后附在狗身上。

想想脑太岁逃亡之初，在法医解剖室里留下"等待亡者归来"几个字时，气焰何等嚣张；化身为狗在冰冷的河水里拼命地拖拉着绑了铁链的尸体时，又是何等狼狈。我甚至忍不住想，要是脑太岁的坏运气一直持续下去，大概还没等我找到它，它就会死掉吧。

"你在想什么？"徐亮问，"你是为了房家五兄弟来的吧，他们是不是真的没死？别拿鬼话糊弄我，林杰说你四处采访奇案要写小说，骗鬼呢，我可不信。房家五兄弟的死多半有蹊跷，是吧？我看，你更像个私家侦探，不是房家雇的就是刘家雇的。"

他紧盯着我，想从我的表情里看出些端倪。

我忍不住笑了笑，他还真能想。

"徐警官，中国没有私家侦探，有也是违法的。我真是记者，嗯，给你看我的记者证。"

徐亮摆摆手，也不看我递过去的记者证，说："这年头名片啊，记者证啊，假的多了。不承认就算了，你是林杰介绍的，有他帮你背书，我就不管了。"

"真没骗你，而且我可以肯定地告诉你，房家五兄弟绝对是死透了。"我真心诚意地说。

"是吗，是真的死了？"徐亮摸摸后脑勺，说，"算了，算了，干我们这行，要是憋着劲想破了每个案子，非成精神病不可。总有些问题永远找不到答案的。我已经把知道的都告诉你了，回头要是还有什么要帮忙的，只要在南昌的地头，你就找我。"

"我可是会当真的。"我笑着说。

徐亮离开后，我一个人沿着河岸来回踱步，没走几圈，就接到何夕的电话。

她做完了上午的解剖，估摸着我到南昌有一会儿了，来问情况。

她向来不算是好奇的人，对我的事情从没这么上心过。不知是因为太岁，还是对我的心态有所改变。大概兼而有之。

听完我的汇报，她说："没准真会如你所愿。"

我愣了一下，问："你指什么？"

"我是说脑太岁可能真的会死。"

我更是愕然："我本来只是随便说说让自己高兴点，你和梁应物不是说，太岁拥有的能量非常巨大，可以用核聚变来形容。就算附体会消耗很大能量，但这么附几次，就会把能量消耗光？"

"当然不可能消耗光，太岁用于控制宿主的能量，相比它自

身的总能量，微小到可以忽略不计。"

我更是奇怪，问她为什么。

"太岁原本是自给自足的独立封闭的生命体，拥有庞大的生命能量。这些能量形成了非常稳定的循环结构，如果缓慢释放，足可让太岁活很久。但是脑太岁附体控制其他生物的行为，使它必须打破自身原有的能量结构，向外释放能量，也许还会有和宿主间的能量互动。这种互动如果控制不好，就会扰动脑太岁自身的能量，你知道，能量越庞大，让它变得不稳定就越容易。比如我一直在努力的，就是让我的身体和体内的元婴达成一个稳定的循环体系，我要让元婴不停地输出能量改善身体机能，必须是舒缓而有节奏的。脑太岁在这么短的时间里被迫连续更换宿主，能量的紊乱恐怕已经接近极限，甚至突破极限。"

"突破极限会怎么样？"

"不知道，也许会爆炸、会死、会发疯。虽然我有个太岁的半成品在身体里，但我对它的了解比你多不了多少。接下来你打算怎么办，先回上海？"

"我再想想。"

挂了电话，我想了想，又给梁应物打过去，问张岩的情况可还好。梁应物说张岩今早就回家去了，他正忙着调查失踪桥洞，挨个调查附近的资深流浪汉，确实前段时间有两个流浪汉突然不再出现，那两宗失踪案极可能是真的。

"如果真是附在了狗身上，你还怎么个查法？要是一时想不

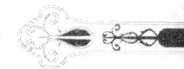

出办法，就回来蹲桥洞吧。"

"我有点思路了。让我再想想。"

我没骗梁应物，我的确是有些想法。

林杰原本判断脑太岁会逃向无人区，虽然这是他记忆被修改后的错误认知，但完全符合逻辑。可实际上房祖仁在南昌出现，南昌虽称不上国内一线大城市，但也相当繁华。脑太岁不进山反进城，是为了什么？

要么南昌有它感兴趣的东西，要么就是所有类似的城市都有它感兴趣的东西。然而太岁是完全自给自足的生命体，多次寄生给它留下的麻烦是紊乱而不是虚弱，它需要的是自己慢慢调节而不是找到什么灵丹妙药。所以，它能在城市里得到什么呢？

是人。

我设想自己是脑太岁，曾经留书"等待亡者归来"，或许不想让人等待太久的时间，那么，我就不能与世隔绝，而是要随时了解人类世界的动态。现在的社会变化速度太快，在山里待上三五年，出来之后就会明显和社会脱节。我如果想要再一次散播范氏病毒，制造一场生化灾难，除了得了解医学的进展外，更要知道城市的应急机制，甚至政治和民生形态，以确保下一次攻击的绝对成功。

所以，太岁依然留在人类的城市里，通过网络了解这个世界每一天的新面貌。那么太岁不得已附在了狗身上，它会不会

改弦更张，躲进深山老林呢？

不会的。

如果太岁也有性格，那么脑太岁的性格绝对非常固执。这种固执源于自信，源于高人一等的自觉。尤其在遭受挫折之后，这种自信极易变成偏执。

所以，这条狗一定会想方设法留在城市里。

我顺着这条思路想下去，仿佛看见一道通往真相的蜿蜒曲折的道路。

不能做野狗，不能是流浪狗。首先流浪狗无法保证足够的食物摄入，对于能量乱作一团的虚弱的脑太岁来说，宿主的身体状况是很重要的；其次流浪狗虽然在城市里游荡，但是不和人近距离接触，也就无法及时了解人类世界的动态，更没办法上网。

它也不能去寻找一个主人，成为一条宠物狗。因为没有一个主人会放着自己的宠物生了这么大的"瘤"不管，肯定会去找兽医做切除手术。

不能做流浪狗，不能做宠物狗，但还得在城市里，和人保持密切接触。

还有什么选择？

一定还有什么选择是我没想到的。

我已经在这段景观河岸上来回走了许多遍，和诸多遛狗人错身而过。面前又是一个，那是一条边境牧羊犬，主人拿着个

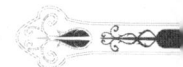

飞盘，飞出去，狗撒欢飞奔去捡回来，再飞出去，又捡回来，玩得不亦乐乎。

我想到了。

一个电话打给徐亮。

"我还在南昌，真有事情要再麻烦你。"

徐亮在电话那头苦笑："说吧。"

"我想知道，在2006年3月前后，南昌有多少马戏团在演出，包括那种走穴的巡回马戏团，我想他们只要租场子演出，肯定事先都得在公安部门备案。"

就是马戏团。一条由脑太岁控制的狗，连尸体都能沉，火都能放，还有什么杂技是做不到的？只要在马戏团门口来几手，就会被当作宝贝留下来。

而狗对于马戏团来说，只是生财工具，绝不会像主人对宠物狗那样宠爱，花大价钱帮狗开肿瘤。开什么玩笑，开完刀，狗虚弱得不能上台了怎么办，甚至开刀开死了怎么办。只要这只拉布拉多一直表现得生龙活虎，那么马戏团只会想个法子把"瘤"遮起来，绝不会想着去开刀切除的。

能和人保持接触，又能让人对"瘤"视而不见，还有什么是比马戏团更合适的地方？

现在的马戏团已经越来越少，因为人们可以选择的娱乐活动越来越多。徐亮不到一小时就给了我回复，只有两家，还都是野马戏团。

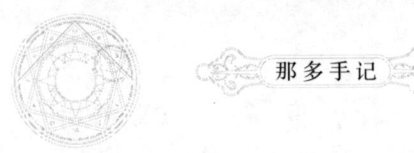

这两个马戏团其中一个现在已经解散，另一个依然在四处演出，时下并不在南昌，而在海宁。在开车出发前，我把徐亮最后的剩余价值也"压榨"出来了——我让他给我开了封介绍信，盖了刑侦队的章。马戏团可以不买记者的账，但打着警察的牌子，总得对我客气三分。

"晶彩马戏团来啦，精彩节目，目不暇接！"

大幅的宣传标语贴在一所小学的门外，下面还有几大张宣传海报。这些天来，晶彩马戏团租了学校的操场，每晚演出两场。现在第一场快结束了，我花30元买了第二场的票。

操场中央灯火通明，有两个大音箱放在跑道上。围着操场放了两圈椅子，再后面就是站票了。我坐在第一排，音箱里放着刀郎的歌暖场，声音震耳欲聋。

一会儿节目正式开始，观众差不多把两排都坐满了，算是上座率不错。一个衣服尽量往少里穿且缀着晶晶亮珠片的女主持先说了几个网络笑话，看大家没多大反应，就招呼"儿郎们"上场。

一台节目下来，还挺成规模，先后上来六七个驯兽师，一个小丑，两只猴子，一只羊，一匹小马，两只鹦鹉，甚至还有一只老虎。狗当然是最多的，我看得很仔细，没有拉布拉多。

节目结束，我拿着记者证和南昌刑警大队的介绍信找到了马戏团团长，一个五十多岁的精瘦男人。

他看我记者证的时候，还以为我是来采访的，表情颇不自然，亦喜亦忧，不知道我是来报道他们的精彩演出的，还是来找他们麻烦的。等再看到介绍信时，就更是不踏实，皱着眉头说："刑警队？"

"其实就是打听一下，在2006年的时候，你们团里有没有收留过一只拉布拉多流浪犬？"

"驼子？你们是为驼子来的？"

我兴奋得要捏紧拳头大声喊叫，原本是大着胆子天马行空地推想，结果证实正如我所料，有什么能比这个更让人得意的呢？

肯定就是脑太岁，听团长怎么叫这只狗的就知道了。驼子！

"是背上长了瘤的吗？棕黄色的？"

"对、对。"

2006年三月底四月初，具体哪一天团长记不清了，在马戏团的演出场门口，忽然就徘徊着这样一条狗。

原本也没人在意，特别是它背上的大瘤，老实说，看了有点恶心。

直到有一天，晚上马戏团的节目散场后，门口竟还围着一群人，不停地大声叫好。原来这只狗居然用两条后腿直立起来，两只前腿不停地向周围的人作揖。等到几个马戏团的人也挤进去看热闹时，这只狗竟用两条前腿玩起倒立来，然后凌空翻了个筋斗，周围喝彩声一片，比马戏团正式演出还要热闹。

毫无疑问，这只宝贝狗立刻就被带回团里，从此成为晶彩马戏团的一员。它背上的瘤虽然难看，但驯兽师给它做了件锦衣，穿在身上，只见到背上凸起一块，像个驼子。所以大家都叫它驼子。

团长对驼子极尽赞美，说他这辈子，就没见过这么听话的狗，只有你想不出的节目，没有它做不到的节目。他打赌，驼子绝对是能听得懂你在说什么的。

绝对同意，我默默地说。

有这样一只神奇的狗，马戏团的生意比从前好了足有三成有余。到了2007年，团里老驯狗师得了肾病，换了个叫王雯的新人。那是个二十多岁的女孩子，特别喜欢狗。而驼子也非常讨她的欢心，很快王雯就宣布驼子是她养的，不演出的时候，驼子总是围着她走，晚上也住在她房里。

"雯子还教它玩电脑呢，学会了开机关机，没事就用爪子搭着个鼠标，在屏幕上点来点去，你说这狗聪不聪明。"

它可比你想象的聪明得多，起码它比你聪明，我在心里说。王雯教它玩电脑？恐怕是它故意引王雯教，好正大光明地使用电脑吧。什么在屏幕上点来点去，那是它听见有人来了，把正在看的页面关掉装傻呢。

一个人这么宠一条狗，当然会生出感情。于是脑太岁在想办法能够上网的同时，产生了些副作用。那就是王雯开始担心驼子背上的瘤，想要找医生切除它。

"我一开始就劝雯子，倒不是钱的问题，她愿意拿自己的工资去给狗开刀，谁也说不着她。但这么大的瘤，切掉了狗还能不能活？就算能活，这得耽误多少场演出。驼子那时候可是我们团的台柱子，是宝贝，很多人就是冲着它来的。小女娃性子倔，就是不听。但也奇怪，每次只要说是带狗去看病，它就死赖着不走，怎么拖都拖不动，要么就是一溜烟跑掉，追也追不上。所以我说，它绝对是听得懂人话的，它也不愿开这个刀啊。"

"后来呢？"我急着问。显然，驼子已经不在马戏团了。

"那是前年春天的事情，驼子到我们团满一年。雯子说什么也要送狗去开刀，我想想也就算了，别伤了她的心，人总比条狗重要，你说是吧，她想冒险就冒吧。那时我们团正在昆山演出，那儿有个很出名的兽医，看了雯子悄悄给驼子拍的肉瘤照片，说这个刀他能开。驼子可精着呢，得瞒着它，编个瞎话带它出门，不能让它知道是带它去开刀的。"

"所以，王雯就真的带狗去开刀了？"我问。

团长点了点头，重重叹了口气。

这一刀，就开出了大事。

第九章

桥洞下

Chapter 9

"死了一地呀，死了一地，哎哟，我的娘。"老汉喊着娘，脸色也变得苍白起来。

"那个情形，阴森啊，连着好多天，我闭上眼睛就能瞧见，这辈子是忘不了啦。"他把烟放在嘴里，使劲地嘬。

面前的整座山都是智蚁科技的养殖基地。这是眼下最热的保健品公司，打着生态养殖的旗帜，号称最高等级的蚂蚁是用猪肉加专门配方的食料放养喂大的，把小小的蚂蚁卖出黄金价。现下什么东西只要是放养的都贵，连蚂蚁也要放养了，一下子就打败许多其他的"圈养饲料型"蚂蚁类保健品，销量节节攀升。单看山脚下那片白色的内部度假村，就知道他们赚了多少钱。

日上三竿，我正在一片油菜地旁，和一位农家老伯聊天。

这是昆山，当年王雯带着驼子去找的兽医，本就住在山脚

下的一座农民别墅里。

王雯一去就没有回来。等到第二天，团里派人去找，小别墅里没有人应门，隔着窗户向里望，就看见地上有血。

王雯和驼子都死了，那个姓游的兽医不知所终。

王雯的手上、腿上有很深的狗咬伤，但致命伤是割喉一刀。驼子背上的驼子不见了，一片血肉模糊，且右后侧动脉被划破，死于大出血。

警方的调查结果是：当时游医生的家人去了海南游玩，诊所里只有他一个人。游医生开刀失败，导致狗大出血，且发狂咬人，这对他的名气是毁灭性打击，有可能一时不理智产生了杀人灭口的想法。同时王雯的衣衫有撕扯迹象，也不排除游医生见色起意、施暴未果后杀人的可能。另外，手术割下的"瘤"也不知所终，是案子的另一个疑点。

现场的情况一片狼藉，狗死在手术室，王雯死在客厅，是在向外逃的时候被椅子砸倒，再遭割喉的。椅子上采集到了游医生的指纹。

游医生畏罪潜逃，警方当时一度在汽车站、火车站等交通枢纽布网，监控家庭电话，却一无所获。

其实，现在想来，脑太岁进了马戏团，最后落得这样的结果，完全是它自己的选择所致。如果不是它把自己变成了一条马戏团中的宠物狗，事态绝不会发展到后来的地步。但它的运气之背，依然让我叹为观止。我知道这样说很不厚道，毕竟又

有两条人命伤在它手里，但作为一个以灭亡人类这个物种为目的的异类，一个曾导致上百人死亡的残忍恶魔，现在多出来的这几条人命，完全是"误伤"级的。

我可以大概想到当时的情景。王雯把驼子骗去看医生，但害怕进了诊所被驼子识破谎言，先带了一支强效麻醉针。她可能在接近诊所的时候就一针扎进了驼子体内，让驼子失去反抗能力。

脑太岁在针扎进宿主身体时才发现不对，然后调集能量在狗体内迅速分泌出抗麻醉的化学物质，所以狗苏醒的时间要比王雯预料的早得多。应该是刚上手术台，医生还没切几刀的时候。

驼子复苏后的激烈反应，致使游医生划破了狗的动脉，造成大出血，当时的情况对脑太岁来说必然十分危急，这只拉布拉多无法再作为宿主使用，它需要立刻更换宿主。

其实在我想来，脑太岁还是有另一个选择的，就是拼着受些伤害，假作被切下来的肉瘤，被扔进垃圾箱里，等候时机。为什么它没这么做？也许是它已经习惯于寄生在其他生物身上，习惯于有一个受它控制的宿主了，惯性的力量是很强大的；也许是游医生在开刀的时候发现这个"瘤"非常奇特，不打算把它扔掉而是做切片实验，那样就算杀不死脑太岁，也会伤害其神智。后一个选择也有另一个问题，它完全可以等王雯回去，游医生一个人要切片研究时寄生的。

如徐亮所说，总有些问题永远找不到答案。无论因为怎样的动机，脑太岁先是控制狗咬伤王雯，再附体控制游医生。王雯只是一个二十三岁的女孩子，瞧见当时如电影《异形》中的场景出现在眼前，就算脚没有受伤，大概也吓软了，终于在逃出大门前被游医生追上并杀死。

警方布下了天罗地网，为什么没有抓到游医生？在我看来，不是脑太岁狡猾，而是警方的判断出现了错误。

通常此类恶性案件，凶手都会外逃，特别是和家中没有联系的，外逃的可能性几乎是百分之百。所以警方的所有手段，都是针对外逃而来的。但我觉得，脑太岁恐怕逃不远。

以上一次杀死刘春城时为例，尽管附体在了一条狗身上，脑太岁还是尽了一切的力量，消除痕迹。但是这一次，在一座无人打扰的别墅里，脑太岁控制的是人，有大把清理一切痕迹的时间，却什么都没有做就逃走了。哦，只是随便拉扯了两把王雯的衣服故布疑阵，把驼子背上的伤口弄得模糊了一些。

结合何夕对附体负面作用的猜测，恐怕脑太岁的情况极不乐观。在这种恶劣形势下，脑太岁第一要解决的是体内矛盾，而非远遁。

以上这些，都是昨晚团长告诉我的，林杰帮我往昆山市公安局打了电话，基本属实，没有补充。我觉得再找办案人员并无太大必要，如果脑太岁没逃远的话，也许周围的居民会发现些蛛丝马迹。

这位老汉的房子，就离游医生的小楼不远。他极其健谈，听我打听游医生的事情，张口就滔滔不绝。

"不是我老头子迷信，那年开春，妖着呢。你说游医生，平时多好一个人哪，怎么会做这种事。他有老婆有儿子，日子过得热腾着呢。再说了，他老婆，可比死的小姑娘漂亮。要脸蛋有脸蛋，要身材有身材，嘿。当然，那是说她年轻的时候。"

然后他才反应过来，问我是谁，为什么要打听这些东西。

我记起林杰帮我杜撰的理由，信手拿过来。

"你要打听奇怪事情写文章，那我告诉你，那年开春，奇怪的事情可不单是这一宗，还有更古怪的呢。"老汉说。

我忙问还有什么。

时间就是游医生诊所出事后的第二天，夜里下过雨，老汉早晨进山里去，想采些野蘑菇。尽管智蚁科技把整座山都租了下来，但作为在这儿生活了几十年的人，有的是小路能让他偷偷溜进山里不被智蚁科技的人发现。

进山没多久，眼前的情形就让他吓得魂不附体，飞快地逃了回来。

先是零星的几具尸体，老汉好奇，压抑着恐惧，顺着往前走，就瞧见了一大片的尸体。

当然不是人的尸体，有鸟、山鸡、松鼠、黄鼠狼、野兔、野猫、蛇，甚至还有两匹狼。从前总是有人说在山里听见过狼

叫，从来都没有真的见过。

这些山禽野兽死得血肉模糊，肚皮翻开，羽毛内脏飞得到处都是。许多虫子聚在这些尸体旁啃食，好像还有许多虫尸。那简直是个人间地狱，老汉顾不得细看，飞也似的掉头就跑。

怎么像是中了范氏病毒的死状？我心里想。

"您有和别人说吗，别人见到过吗？"

"我回来就吓病了，烧了七八天，别人只当我在说胡话呢。后来我有大半年没敢进山，再进去时，就没见过类似的事儿了。"

老汉说的事情，肯定和脑太岁有关系。但到底是如何造成的，我无从猜测。

我跑去智蚁科技的度假村，给几个门口的保安发了烟，亮了记者证，说是来采访这么件奇事的，问他们有没有听说过。都摇头。我又照着老汉所说，从一条小路上山，在山林间深一脚浅一脚地东走西逛，把鞋上弄得都是泥，没发现一点异状，就和普通的山林一样。

我找到正经山路，前面是个白色的凉亭。过了凉亭，路的一侧竖了块木牌，上面写着"三号蚁区"，后面用一人高的绿色塑料隔离板围起一大片，想必就是智蚁科技的养殖基地了。

迎面走来一个穿着白衣服的工作人员，看见我愣了一下，问我怎么进来的，然后客气地把我送出山。路上我问他有没有听说过山里动物暴毙的事情，他说自己来这儿工作不到一年，

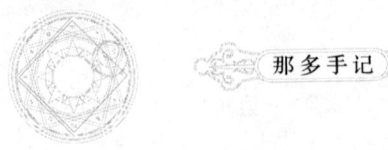

没听同事说起过。

临近终点，被卡住的感觉非常难受。我接连打给何夕、梁应物，还有林杰，他们和我一样，觉得这事情一定与脑太岁有关，但怎么个有关法，从何查起，却没有头绪。

梁应物让我别急，因为尸体是在荒僻的山路不通的林子里，周围也不靠着蚂蚁养殖场，所以的确可能只有老汉一个人看见了；但有另一个可能，是智蚁科技知道这件事，因为某个原因压下不说。他建议我先回上海，从侧面探探智蚁科技的底再说。

也只能这样，我继续留在昆山也发挥不了什么作用，再者，事情毕竟过去了两年，急也不在今天。比起来，张岩的事情才真是急。美剧《无影无踪》（*Without a Trace*）里说，失踪超过四十八小时生还的可能性就很低，这是源于美国联邦调查局（FBI）真实的数据。诚然中美的情况有许多不同，但我初见张岩时，刘小兵已失踪许多个四十八小时了，他现在还活着吗？

我看了下表，二十二点三十分。这块最多只值三十块钱的假劳力士表，做工粗糙得任谁都能看出它的真面目，只差在表面上刻着"假货"二字。

桥洞里没有路灯，洞外的灯光、星光只照得进小半，即便我的眼睛已经习惯了这里的光线，但能看到的依然有限。

这就是已经连续发生过两起失踪案的桥洞。这是我蹲点守候的第二天。

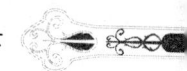

胡子拉碴，头发黏糊糊的，身上三天没洗澡——这对流浪汉来说显得太干净，所以我在第一天的时候就往身上"上过妆"。衣服是脏脏的旧西装，现在许多流浪汉都穿这个，都快成制服了，让要钱也显得很"正式"。

我带着一个装了追踪器的旧山寨手机，梁应物接应的车就停在桥洞外的对面路上，我走出桥洞就能看见那辆黑色的奥迪。作为双重保险，我的脏头发深处，左侧头皮上还粘了一个绿豆大小的追踪器。此外，更在桥洞的顶上装了个隐蔽的微型摄像头，哪怕是夜晚，也能清晰地拍下桥洞里发生的一切。

我们的蹲点计划是十天，前五天我来，后五天轮到梁应物。

这个桥洞十几米长，五六米宽，可以过车。但实际上几乎没有车会打这个桥洞通行，通行的唯一目的是掉头，但前后路口都是可以掉头的，除非开错，否则没人会用这个桥洞掉头。我想之所以规划成可以行车，大概是因为曾经正对着一个单位的大门，这样从单位出来的车辆可以很方便拐到对面车道去，现在那家单位已经变成了一片工地。

昨夜曾有一个流浪汉过来张望了一下，然后就离开了，算是风平浪静，今夜到目前为止也是。

我躺在棉垫上，棉垫铺在桥洞的单边人行道上，薄得能感觉到水泥地的温度，很不舒服。我半睁着眼睛，心里想着，在失踪地道发生过多起失踪案，这个桥洞也已经有了两起，案件发生的地点都相对固定，如果两批案件彼此有联系，那么这两

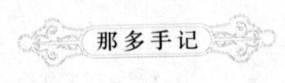

个地点也该有共同之处。是什么呢?

我不知不觉地眼皮耷拉下来,迷迷糊糊地浅睡过去一小会儿。桥洞上方一阵跑车轰鸣声把我惊醒,继续想刚才的问题。的确是有共同点的,两者都很冷僻,在夜晚少有人或车经过,但是在邻近的地方都有繁华的商业街,后者决定了本区域流浪汉的密度。

还有一个共同点,两者都是可以走汽车的,但都因为某种原因,很少真的有车从这里过。

我又看了眼表,凌晨零点三十六分。

昨晚,哦不,是前天晚上了,我和梁应物在开始行动前,和张岩见了一面。那时我已经"装扮"好,餐厅的其他人频频侧目,张岩一看就知道我打算干什么,她有经验。

张岩消瘦了许多,她说我是个好人,在公安还在"按部就班"地进行追查的时候,我就肯这么做。

我问她家里的情况怎么样,她摇摇头,笑笑,耸肩,不说话。

我问需不需要帮忙,我这个记者说几句话,也许有些可信度。她说没事,只是宝宝的爸妈不见她,见了也不听她说话,仿佛陌路人。他们需要时间,张岩说。而现在最重要的,是找到宝宝的下落。

她说,找到宝宝之后,他爸妈会不会逼两人离婚,两个人还能不能在一起,她都不去想。只要把宝宝找回来。然后她忽

然控制不住情绪，失声大哭。

"宝宝还能回来吗？你说，宝宝还找得回来吗？他不会有事吧？"

我知道我该安慰她，此情此景，我很难编些自己都不相信的话说给她听，一时间竟哑然无语。

"我们会找到他的。"梁应物说。

"对，我们会找到他的。"我跟着说。

希望我们找到他的时候，他还活着。

梁应物已经查到，在刘小兵和竹竿失踪的当晚，失踪地道里可能还有一个流浪汉也失踪了。刘小兵和竹竿应该属于适逢其会的"误伤"。抛开他们两个不谈，什么样的人会对流浪汉下手，流浪汉有什么价值呢？

我和梁应物琢磨了很久，只想出流浪汉的一个价值，那就是他们都是"人"。会不会有人和当年的海勒国际一样，在用活人做什么实验呢？如果是这样，那么刘小兵的生存状况取决于实验的危险性。

我们也不是没有考虑过变态杀人狂或连续绑架犯，但前者通常杀了人就离开，现场会留有尸体或血迹；后者绑架的对象则多为女性或儿童。

至于"超自然"的因素，我们没有过多考虑。并不是说不存在这样的可能，而是一旦进行这方面的考虑，我们的假想就有太多的可能性，多到没有考虑的意义；甚至这个世界的许多

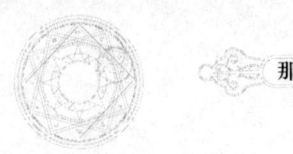

真相，是你面对之前，怎样放肆地想象都想不到的。我这些年所经历的古怪事件，从中学到的最重要的一点，就是人类对所处世界的无知。

我想再看眼表，就听见脚步声。

"哒哒哒"，皮鞋的声音在桥洞里回荡。

高跟鞋的声音，熟悉的高跟鞋声，是何夕。

昨天夜里她就来过一次，就像个寻常经过的路人般走过，只看了我一眼，或许是两眼。

这就是她的方式。

我坐起来，她在我面前停下，弯腰放下个塑料餐盒，然后离开。

打开餐盒，里面是八个还温热的小笼包及一双一次性竹筷。

我的肚子立刻感觉饿了，夹了一个塞进嘴里，是鲜美的蟹粉小笼包。

我不禁微笑，落筷如飞，转眼就四个进肚，却又听见了那高跟鞋声。

这步子比刚才要急促些，我抬起头，见何夕蹬蹬蹬走到面前，伸手就把餐盒抢了去。

"哎，哎，还没吃完呢。"我说。

"流浪汉吃不饱的，那么喜欢扮流浪汉，你就好好扮。"何夕语气不善，拿着半盒小笼包走了。

我愣了半晌，低声失笑，重新躺回棉垫。我这么帮张岩，

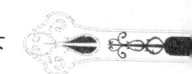

她实在不舒服吧，这可是第一次见她使这样的小性子呢。

这才比较像个女人嘛。

我微笑着，不知不觉地睡着。

又被脚步声惊醒。何夕来过以后，我就对脚步声特别警惕了。

当然不是何夕去而复返，这是皮鞋声，可能是个男人吧。

今天夜里的路人倒是不少，我想。

这么想着的时候，我忽然听见了咳嗽声，剧烈而凄惨的咳嗽声。我本是面朝墙躺着，便翻了个身，确实看见那人倒在了地上。

我坐起来，看那人俯倒在地上，一动不动，从鞋来看的确是个男人。

这是怎么回事，是意外，还是失踪事件的前奏？

我一边想着，一边一骨碌爬起来，跑过去把那人翻过来。没看见他身上有血迹，我伸手去摸他的鼻息，他突然睁开眼睛，电击棍吱吱击在我身上。

干净利落。我在晕倒前的一瞬间想到这个词。

只有上方的摄像机还在默默工作，记录下那人收好电击器，打了个电话，旋即一辆依维柯开进来。等车开走后，桥洞里空空荡荡，一个人都没有了。

恢复意识的时候，我没立刻睁开眼睛。

头晕得厉害，似乎不该是电击的后遗症，更像是被注射过

麻醉剂。看来我晕了有段时间。

我吸了口气，空气很好，有股带着泥土味的清新，不像是城市里的空气。

周围很安静，隐约有一两声鸟鸣。

身上的筋骨酸痛，像是经过了许多次的摔打。我睡着的地方很硬，不像是床。

我睁开了眼睛。

这是一间什么都没有的十平方米木屋，窗户用铁栅栏封起来，门关着，想必是锁着的。而我，则躺在水泥地上。

有着奇怪斑迹的水泥地。

浅褐色的好几摊，像是冲洗后残留下来的。我觉得那是血。

还有些小凹坑，周围的木墙上也有一些，是重物击打后的痕迹。

无比糟糕的信号，预示着曾经像我一样被扔在这间木屋里的人的遭遇。

幸好我有后援，虽然没想到自己会这么快被人摆平，但相信梁应物就在不太远的地方。既然我现在仍然在这里，他没有调集力量把我救出去，就说明他相信自己能掌握局面，不至于让我出危险。

所以他是想让我再探些内情出来啊。

我苦笑着，还真是高看我的能力了。

抬腕看时间，发现表停了。这见鬼的劣质表。

等等，这儿有摄像头吗？打量了一圈，没有发现，我这才挪移到墙边靠着，我暂时不想被外面的守卫发现我醒了。嗯哼，肯定是有守卫的。

我倚着墙，伸手去拿手机。刚才醒来时就感觉手机还在，居然没把手机搜走，这也让我意外。

手机屏幕暗着。我打开后盖，电板还在呀。

联想到停掉的手表，突然间我的心沉了下去。

电击！

我是被电棍击晕的，所以手机废了，电池没爆炸就算是好的了。

那么追踪器呢？

手机都烧了，和手机电路接在一起的追踪器自不用说。而我头发里的……

我把手伸进头发摸索片刻，把追踪器拽了下来。

金属外壳上有一片焦痕。

噢，我的天。梁应物不是相信自己能掌握局面，而是局面完全失控，他失去了我的行踪。

只剩我一个人。

我闭上眼睛，深呼吸。我可面临过比这危险许多倍的情况呢，我是出了名的遇难呈祥好运气，梁应物一定在调集力量找我，他的能力绝对不小……我在心里默默地给自己鼓了会儿气，镇定下来，睁开眼睛，决定先找机会逃出去再说。

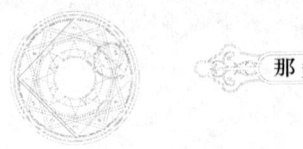

从昨夜……应该是昨夜吧，从昨夜的遭遇来看，这是精心策划的抓捕，手法老练。我有理由相信，之前失踪的人也都是差不多的情况。

既然不是变态的个体犯罪者，那么就是为了某种现实目的。会是什么呢？我稍微一想就放弃了，管他呢，不论他们要干什么，希望他们需要我活着。但这并不乐观，瞧瞧地上那些血印子。别想着做孤胆英雄一个人解决所有问题，只要我能想办法逃出去，这里的一切自然会曝光的。

我已成功深入敌穴，现在能跑掉就算赢。

我轻轻爬起来，贴着窗边向外望。

窗外郁郁葱葱，看出去都是棵棵大树，树下是灌木，看不清路，或许这边根本就没路，只是个向下的缓坡。

这明显是间山林里的小木屋。

这一侧并无人看守，如果我能从这扇窗户逃出去……我扫了眼铁栅栏，每一根都有我小手指粗，没有工具绝无可能弄断。但这铁栅栏是木屋造好后加装上去的，整体用螺丝固定在墙上，或许我可以从这上面想想办法。

我又挪到另一边的窗下，这一侧挨着山路，也没见到守卫。难道竟然没有人看守我？

我一阵兴奋，又觉得不太可能发生这种事情，大着胆子站到窗前，仔细打量起周围环境。真就只是普通山林里的一间独立木屋，倒是在路的那头，远远的草木丛后，像是有些什么东

西，看不太清楚。

要弄开窗至少得一小时以上，而且不可避免地要发出声响。我屈指敲了敲木墙，墙板有点厚度。我又抬头往上看，从顶上出去呢，那儿的固定会不会差些？

怎么才能够着顶呢？

我拉拽着铁栅栏，把脚嵌进里面，试着站上去。手足一起用力，铁栅栏发出吱吱的响声，我有点担心爬到一半它掉下来。其实我应该希望它掉下来才对，这样省事多了。

我踩着铁栅栏伸手够屋顶的时候，才想起我没试过房门。但窗户都这样封起来，门不用看也知道是锁着的嘛。

正在我这样想着的时候，门开了。

进来一个黑脸的汉子，拿着根短铁棍，看见我居然已经站到这么高，不禁愣了一下。

我像猴子一样趴在铁窗户上，这个不速之客吓得我差点摔下来，两边窗户都没看到人，敢情都在大门外候着呢。

让我心里抽得更紧的是他手里的短铁棍，这可能就是造成屋里那么多凹坑的凶器。

硬拼吗？这家伙的体格，透着袖子我都能看见鼓鼓的二头肌。而且，怎么个硬拼法呢？如果我傻站着不动，他肯定先上来打断我的脚，如果我居高临下向他扑击，他只要照我脑门上来一棍就行，最好的选择是飞踹，但我现在的姿势根本没法发力。其实，我根本就没有想这么多的时间，惊呼一声，从窗户

191

上扑了下去，或者说，摔了下去，像是被吓到失手摔落一样。

我背部着地，脊柱生疼，忍住闭着眼一动不动。没错，我就是装昏，希望摔的动作还算自然，不管黑脸汉子心里有多狐疑，总要走近来看看究竟，到时候我就拼命搏一搏。当然，他肯定是有防备的，但我的右脚微曲，只要他走到我身边，我就狠蹬他的腿。对脚的攻击最难防，只要给我蹬到了，他就得给我趴下。

我能听见他的脚步声，一步，两步，三步。我得有点方向感，要是蹬个空，可就完蛋了。

他恰恰在我能蹬到的距离外停了下来，其实只有几秒钟，但我闭着眼睛，感觉时间在这一刻过得格外缓慢。他终于又起步了，一步，就是现在。

我猛地睁眼，一脚踹了过去，正中他的左脚脚踝，连带着也扫到右脚。他"嗷"地一声叫，向前就倒。

"靠"，我没有发出胜利的欢呼，反而大骂一声。这汉子不知什么时候已经把电击棍拿在手里，虽然被我一脚蹬倒，却不忘打开电击器，吱吱蓝光打在我身上，我立刻浑身抽搐，瘫在地上再也起不来。

或许刚被电过有些抗性，我的意识还有。就听他大声痛骂，又道："得给你手脚都上铁链子！"

然后他又补了一记，我就什么都不知道了。

悠悠醒转，这一次，全身的力气像是缩到了细胞里，连小

手指头都不愿意动一下，只有脑袋里的思绪慢慢转着。

又被击倒了，这一次，肯定对我严加看管，要想逃，可没那么容易了。

对了，还给我上了手链脚链呢，这下更没法逃了。

梁应物什么时候能来？

那些人究竟要把我怎么样？

这么昏昏沉沉地过了一会儿，我的神志渐渐恢复，脑袋里的马达恢复了正常转速，忽然感觉到，我躺着的地方软软的。

我是躺在床上吗？

还有手上脚上没有绑着什么东西呀。

我被救出来了？

我猛地睁开眼睛。

白色的天花板，果然不在小木屋里了。我连使了两次力才撑坐起来，发现自己躺在一个类似酒店大床间的房间里。大概真的是在酒店里，一个穿着服务生样制服的女孩坐在床边看着我，见我醒了，跳起来就往外跑。

"这是在哪里啊？"我问。

"您稍等一下，我们老总就过来了。"她说着，飞快开门出去了。

我靠着床背，嘴里干得很，看见床头柜上有水，犹豫了一下，就拿起喝了，感觉力气一点一点地回来。

外面的走廊上很快就响起脚步声，不止一个人。

然后就是训斥和哀求声。

"裘总，我深刻检查，认真反省，我好好道歉，能不能不开除我？"

"哼。"

"现在不是开除不开除的问题，人家不原谅你，只要一告你，你就要吃牢饭，懂不懂？"

声音在我门前戛然而止，然后响起门铃声。

我心里冒起无数个问号，这是怎么回事？

"请进。"我说。

"嘀"的刷卡声，门外进来三个人。

当先一人五十多岁，戴着一副厚框眼镜，红光满面，我觉得他有点面熟，一时想不起在哪儿见过。跟在他后面的是个微微发福的壮年男子，最后进来的人低着头弓着背，正是用电击棍电我，要给我上铁链子的黑面看守。

"真是对不起，万分的对不起。"第一个人跨步走到我床前，给我深鞠一躬。听声音，这就是刚才在走廊里"哼"了一声的裘总。他一鞠躬，后两个人连忙也鞠躬，几乎超过90度，脑门都要蹭到被子上了。

"呃，这是怎么回事？"虽然形势似乎转好，但我没放松警惕，用带着苏北口音的普通话问。

"我是智蚁科技的董事长裘均一。"第一个人递了张名片过来。

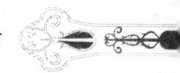

智蚁科技？太岁？昆山？怎么回事？

我脑子里乱作一团。

怪不得我觉得他脸熟，智蚁科技的电视广告做得铺天盖地，许多黄金时段里都能看到，在广告里裘均一作为董事长亲自上阵，自卖自夸，广告之俗直追当年的脑白金和羊羊羊。可有的时候大俗才能大卖，看看他们蚁粉的销量就知道。

"这是我们公关部的总监汪涵，这是保卫处的崔强。"

"您好。"汪涵笑着和我打招呼。崔强则低着头，说了句"您好，对不起"。

"我来跟您说明一下情况。"裘均一说。

照他的说法，智蚁科技要推出一种新的养生蚁粉，非常有效果，可以说是突破性的。在正式推出之前，想从社会上招一批试吃者，在试服期间，隔离在智蚁科技的疗养院里，以保证效果观察的准确性。

这个任务派给公关部，还调拨了相关的经费，公关部人手不够，就从保卫处调了些人来做这件事。

结果，有的人打起了自己的算盘，打算找些流浪汉来，给他们包吃包住，而本该给每个试吃者的五千块钱，就自己截留下来了。

"包吃包住，这是好事情，为什么要这样把我弄过来，还电我？"我问。

"我……对不起，我……"崔强支支吾吾地说不清楚。

汪涵苦笑一声，说："这个崔强，在来我们这儿之前，是被城管开除的。他一贯对你们，就……就不是很客气。"

我算是明白了他的意思，他是说，对崔强这个前城管来说，流浪汉是没人权的，还和你废话什么，直接拉上车弄过来就是。当然现在城管不见得有这样蛮横，但崔强可是被城管开除出队伍的家伙。

崔强恭恭敬敬地给我道歉，希望我原谅他，但我总觉得，这里面有哪里不太对劲。

为什么不在昆山本地找，是因为上海大城市流浪汉多；为什么晚上来抓人，是因为白天流浪汉都在"工作"，晚上方便；为什么不和流浪汉说清楚而直接绑架，是因为崔强天生蛮横；为什么把我关在木屋而不是直接送到疗养院，是因为崔强要和我说清楚"规矩"，免得我去要那五千块钱；为什么要再电击我，还要给我上铁链子，是因为想让我老实点、听话点。

这一切都可以说得通，但这一切都非常勉强。

"那其他试吃的人呢，也都和我一样是被抓来的吗？"

"不不，你是第一个。要是还有其他人也和你一样，那还了得，我直接就把这家伙扭送公安局了。"裘均一说。

第一个？难不成我的"失踪"只是偶然事件，和之前流浪汉的失踪全无关联？

汪涵拿出五万块现金放在床头柜上给我"压惊"，然后崔强拿出一张写好的悔过书，希望我签个字，算是原谅他，让这

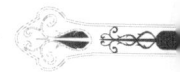

件事情过去。

"那我现在可不可以参加试吃？"我问。

"出了这件事情，如果你再留下来，以后……怕有些事情说不清楚。老实说，你要是一报案，崔强关进去不说，我们公司的形象也会受损。当然这件事情本来就是我们不对，如果你真的还想参加这个活动，先收好这慰问金，我们把你送回上海。回头你正式来我们公司报名，就可以参加。"

话说得滴水不漏，如果我再要问什么，就只能暴露自己的真实身份了。要是我真的是个流浪汉，肯定就是拿了五万块走人了。

我相信他们应该无从知晓我的身份，是什么原因让他们这般作态呢？

要不要暴露呢，还是不要吧，万一这个智蚁科技真有什么问题，岂不是打草惊蛇了吗。

签了字，拿好五万块钱，我坐着智蚁科技的小车返回上海。临走时，我问裘均一，能不能要点他们的"新产品"自己回去尝尝，他爽快答应，给了我一个礼盒。

"这是老产品的包装礼盒，里面装着的是我们的新产品。产品没上市，也没设计好新包装，拿这个先装着。你回去一天一小勺，一吃就有感觉。这次对不住你了，你拿着这点钱，做点小生意，也比到处流浪好啊。"他握着我的脏手，恳切地说。

第十章

坟场

Chapter 10

　　这座小山从前叫什么名字，现在已经很少有人提了。就连这位土生土长的老汉，也开始管它叫"蚁山"。

　　又见到我，他显出了农家人特有的热忱，就像是见到老朋友一样，给我递烟，看见我身边多了两个跟班，就问是不是为了当年那件奇事，要来做个"大访问"。

　　我当然是顺着他的话说，然后问那间木屋的事。

　　如果之前那些流浪汉也是关在这间屋子里，那么他们下一步的去向，应该不会离木屋太远才对。

　　老汉知道那个木屋，但是没去过，照他的说法，那里是智蚁科技核心区。他唯一一次偷偷进山被发现，就是靠近了那个区域。

　　他给我们指了条小路，就是我上次走的那条，但进山后需要照他说的再拐几个弯。

　　我们谢过老汉，等到夕阳西下，夜幕降临，就顺着小径，

手足并用，没入幽深的山林间。

没错，我又回来了，还有梁应物和林杰。因为我已经确定，在裘均一和我说那些话的时候，我的身份其实已经曝光。

老实说，我自己也非常惊讶。明明是两件完全不同的事情，最后竟然会合到一起。

我是追寻太岁的踪迹，来到蚁山脚下的。但一系列的流浪汉失踪案，居然也指向这座山。

如此巧合，让我有点不敢相信。

我仔细回想了一遍，开始查脑太岁，是源自某个深夜的一念，而这个念头是因为何夕的规律性身体不适。我打算查脑太岁的当天，被张岩扔的砖头砸到头，才阴差阳错地接触到一系列失踪案。结果这两件事，逐渐有并成一件事情的趋势。这两者之间不可能被人为安排。只能是巧合，或者说，命运。

我很不愿意相信真的有命运，但是面对这种巧合，不由得感觉在冥冥之中有种不可测的力量。

被智蚁科技的人送回上海后，我第一时间向路人借了手机，向梁应物报平安。我清晰地听见电话那头传来长长的吐气声，哦，天哪，幸好你没事，他说。

出事当晚，那辆依维柯和他的车错身而过。极少有车会打桥洞过，他下意识地看了眼手提电脑，赫然发现，屏幕上代表我位置的追踪光点不知何时消失了。等确认过我已经不在桥洞里，再想追那辆依维柯已经不可能。调出桥洞里的录像看也

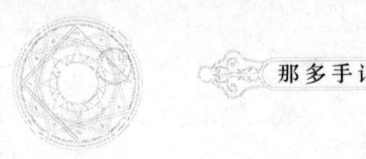

无助于找到我，看不清楚拿电击棍的人的脸，能分辨出的只有依维柯的车牌，以及车牌架的小秘密——那儿装了个自动翻牌器。

其实如果不是时间太紧急，他可以借出一套监听设备来，那样就能在我出事的第一时间发现端倪。

我打电话给他的时候，他正和几个干警仔细梳理当晚各个路口的监控录像，已经把这辆车找了出来。但要知道这辆车开往何方，还要看几十倍多的监控录像。

我和他接上头，把经过和他说了，他和我一样的感觉，非常可疑。

我把裘均一送我的新产品和从超市里买的旧产品对比了一下，打开胶囊倒出棕黑色粉末，两者的色泽、气味都没什么区别。我吞了两颗，三小时后，就有异常感觉。

并不是任何的负面感觉，而是有精神，头脑清晰，视觉上越来越明亮，精力充沛得连头发根都好像竖了起来。我着实吓了一跳，就算这蚂蚁粉有效果，怎么会短短三小时就如此明显。这样的效力只有兴奋剂甚至毒品才会有吧。

我立刻把"新品"快递给何夕化验，然而直到第二天我进入蚁山时，也并没有任何服用兴奋剂类的副作用出现，并且效果还在持续。

莫非这真是什么了不得的新产品？如果智蚁科技从前的产品就有这效果，价钱翻上一百倍怕还有价无市，而且还不是价

格的问题，要是真的没有副作用，效果持续，我敢说这是医药界翻了天的重大突破。

给何夕的快递，我是在报社发出的。消失了这么些天，虽然请过假，但总会积下事情，去一次更放心些。所以，我就看见了今天的自家报纸。

我上次答应宗而写的那篇关于钓鱼案的社评，就发在今天的社会版上。该死的是……或者说幸运的是，这篇社评还附了一张我的照片。

我们报的摄影记者手上有一些我的肖像照，所以这张照片根本就不是我提供的，我不知道这件事。

我们《晨星报》不是一份全国性的报纸，但是近些年，正在向长三角地区扩张，很多邻近上海的城市，比如昆山，都能买到我们的报纸，还卖得不错。

这样，智蚁科技的前倨后恭、先绑架后送钱的反常之谜就破了。所以我得说，我身份的暴露也许是件好事，否则我还被关在那间染着血迹的木屋里，手脚上着铁链，或许还有更可怕的遭遇呢。

夜晚山林里的一切在我的眼前是片淡淡的绿色，看起来有点诡异。这是我第一回戴夜视镜，是梁应物想办法借来的，要是用手电筒，在夜里反倒更容易被发现，达不到隐蔽的目的。但手电筒也带着，备用。

山气阴寒，弥散在林间，渗进衣服里。偶有风吹树叶的簌簌声，除此之外就是三人的脚步声了，比想象中更寂静。

为了避开可能的夜巡人员，我们不走正常的山路，而是穿梭在野林里。林杰走在最前面，当年在缉毒队没少穿山越岭，有经验。先前老汉指路时，他听得最仔细，还画了张我和梁应物都看不懂的草图出来。夜晚在林子里走，格外容易迷路，这才进山没多久，我已经不知道自己在什么地方了，只有跟着他。

"你这样跑出来，请的什么假？"我低声说。

总得说点什么，神经绷得太紧可不好。

"跟处里的假好请，跟老婆的假不好请。"

"有什么不好请的，你肯定跟处里说是老婆的事，跟老婆说是处里的事。"梁应物说。

林杰低笑两声。

"我还以为你真的把当年的事情放下了，什么都交给我去查呢。没想到一听到有线索，二话不说就冲过来。"我说。

"这也是在帮你查嘛，否则，你以为找到了那间木屋，就能发现线索？那么容易的话，刑警人人都能当了。你说说看，到了木屋你打算怎么做？"

"这得等到了地方，看情况再定。"

"哼哼。"

"那你说，你准备怎么查？"

"当然是根据现场的情况决定。"

"哈。"

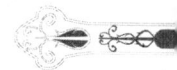

"哈什么，我的'到时再定'和你的'到时再定'，可是完全不同的。我有一百种办法，到时决定用哪一种；你是没办法，到时候抓瞎。"

我被噎得说不出话来。

"你也别打着帮我们查的幌子，如果不是你认为连环失踪案和脑太岁之间有联系，根本没可能会跟到这里来。"

林杰耸耸肩，默认。

"你真的觉得两者有关联？现在没有任何迹象能证明这一点，完全有可能只是巧合，甚至都不能确认那场不明原因的生物死亡事件和脑太岁有关，也不能确认脑太岁控制了游医生之后的确进了蚁山。"我问道。

"如果等有了铁证才能查案，那大多数案子都破不了。那个时间节点上，出现类似感染了范氏病毒死亡的生物，足够说明问题了。脑太岁绝对进了山，无论是什么原因造成那批生物的死亡，肯定源于脑太岁自身的突变，衰弱到突破平衡点的突变。我是老刑侦了，破案子，特别是大案奇案，就得放胆去想，就得有直觉。越是好的刑侦，直觉越准。"

"感觉转文职可惜了吧，你看你，多怀念呀。"我调侃道。

"当然可惜，少了我，那绝对是处里的损失。不过人吧，想要点什么，总得放掉点什么。回头再来一次，我还是这么选。"

"你怎么不说回头再来一次，你就不碰江文生的案子、不离婚呢？"

"轻点声，你们两个别跟斗鸡似的了。"梁应物说，"我也同意脑太岁当时肯定进了蚁山，不过林杰，你认为脑太岁和失踪案之间真的有关联？你的直觉？"

"同一个地点发生了两件非正常事件，在纯粹巧合还是彼此互有联系之间，后者的可能性总是要更高一点。还有你吃的那种所谓新产品，让我有些联想。你知道，在许多古籍里记载，太岁是非常神奇的东西，赛过千年人参、万年灵芝啊。"

"噢，噢，你还真敢想，不愧是特事处出来的，见多识广。你不会想说我吃的不是蚂蚁粉而是脑太岁粉吧。把你害得这么惨，还杀了许多人的脑太岁，已经被我吃掉了？"

"我没这么说，只是些联想而已。不过联想和联系只差一个字，我相信能在智蚁科技找到脑太岁的进一步线索。另外，我想你吃的并不是新产品，这么神奇的效果，让我想到了曾经听过的一些传言。"

"什么？"

"智蚁科技崛起才短短几年，哦对了，他们真正开始发展起来，就是前年下半年的事情，脑太岁进山后半年，挺巧合的，对吧。他们的常规产品，那些号称杂食放养的蚂蚁，效果和市面上其他的蚂蚁粉也没有太大的区别，之所以市场大赢，在于很多关键环节都给他们一路开绿灯，很多只手在背后撑着智蚁科技啊。"

"哦，他们这么有能力？"我惊讶地问。

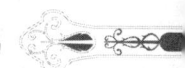

"嗯，我也隐约听说过几句，这公司背后的水挺深。"梁应物说。

"我听到的版本，倒不是这家公司有多大的背景，而是他们有一种非常特殊的蚂蚁制品，据说效果好得惊人，但是量很少，许多首脑或者巨商，都吃着他们特供的蚂蚁粉。不管是融资周转，还是获得批文，又或者是进入各种零售渠道，全都畅通无阻。"

"这么说，我吃的这种所谓新产品，就是你说的特供达官贵人的蚂蚁粉？"

"应该是，所以压根儿就没有新产品这回事。你想想看，才吃了一顿就有这样的效果，如果没一点副作用，效果能稳固，是什么概念？要换了你是证监会高官，吃着这灵丹妙药，然后智蚁科技说要上市，会有多少难度？"

"噢，那我可享受到部级待遇啦。"我笑。

林杰忽然停步，举手示意收声。

"怎么？"我用气声问。

"我们应该到了。"他四下仔细看了一圈，轻声说，"你看那儿，是不是那间木屋？"

我顺着他手指的方向，往面前山坡的上方望去，果然瞧见了木屋的一角。

"估计是，我记得那间木屋屋后，就有这么个坡。"

也许在木屋附近会有人看守，林杰先独自潜过去打前站。

他接通了自己和我的手机，当监听设备使用。

他猫腰爬上坡去，贴着木屋的窗向里看了看，又绕到另一侧。我们瞧不见他的身影了，手机里还是传来窸窸窣窣的声音，没有异常。

我们等了很久，可能超过十分钟，也许有十五分钟，非常难熬，觉得下一刻林杰就会被发现，或者发生什么更可怕的事情。终于，林杰在手机里说，附近都没有人，让我们从十多米外那条正常的山路上去就行，在木屋里碰头。然后摁了电话。

我是一朝被蛇咬，十年怕井绳，直到推开虚掩着的木屋门时，我的心还悬着，生怕里面空无一人，林杰不见踪迹。

可是真的没有人，而且还有一阵阵"弗弗"的奇异声响。

我的心脏骤然收紧，脚下一顿，立刻就要退出去，却和身后跟着的梁应物撞在一起。

"怎么了？"屋里却响起林杰的声音，他本来蹲在地上，一下子蹦了起来。

"你趴在地上，我一眼没看见，以为屋里没人；出事了。"我讪讪地说。

梁应物捂着被我后脑勺撞到的鼻子直哼哼。

一场小风波平息，林杰又捡起喷瓶，"弗弗"地往地上喷了一遍鲁米诺，又开始喷激发剂。这是一种刑侦上常用的显血喷剂，稀释成百万分之一的血迹都难逃它的检测。

我倒抽一口冷气，几乎他每喷一团激发剂，那片区域就亮

起荧光，最后整个屋子超过七成的地方都亮起了荧光，一摊一摊的，有些特别亮，就是那些我曾经用肉眼都能看见血迹的地方。三十秒钟后，荧光又慢慢暗了下来，在此期间，我们都没有说话。

林杰低声骂了句脏话，然后去屋外转了一圈，回来告诉我们，从地面和植物生长情况看，除了先前他自己上坡时的痕迹外，近期没有其他人以非正常方式进出木屋。也就是说，上次屋里关着的那位，进出都是走正常的山路。

这本也是常理，但排除了其他可能后，追查时指向性就更明确了。

"来之前，我看了一个智蚁科技的宣传片，又对比了蚁山的谷歌地图。"林杰说，"这里是智蚁的主要养蚁场，还有一个研究所，山里建有办公楼和职工宿舍。但这些建筑离这间木屋都有距离。有些在山顶，有些在山脚，有些在山的另一边。而这里，这间木屋在的地方，是比较荒僻的。如果那些失踪者都关在这里，他们最后的去向，就不会是那些地方，而是邻近木屋的某个所在。"

这本也是我的判断，但我就喜欢和林杰抬杠，插嘴说："那可不一定，如果整座山就这么间木屋适合关人呢。"

"这是个很容易搭起来的木屋，而且造起来不超过五年。"林杰挑着眉毛看我。

"这么说来，这间屋子可能就是为了关人造起来的？"梁应物说。

"嗯哼，把房子造在这里，当然就离最后的目的地很近了。不管裘均一拿这些绑来的流浪汉怎么办，这座山上日常活动的几百个工作人员不可能都是同谋，参与者只能是极少数。地上的血，证明看守常常会把人打成重伤，甚至打死，所以他们不可能就这么把人拖出门带到目的地。就算是装进麻袋或利用其他什么东西作掩饰，为避免被正常经过的公司员工看出端倪，这段'运输'之路也是越短越好。从这点上说，失踪者的去向也不会离这间屋子太远。"

"噢，你的分析和我的直觉不谋而合。"我用轻蔑的口气说。

"所以我才是专业的。一会儿出去到山路上，我往前，你们两个往后，注意看两边的草丛和灌木有没有被踩踏或者重物拖过的痕迹。我估计失踪者最后的去向不会挨着山道两边，那样目标太大，暴露的可能性高。我想会是在山林里的某处。"

我叹了口气，说："听起来，你觉得他们没有生还的可能了？"

"你觉得他们还有生还的可能？"林杰奇怪地问我。

张岩的身影此刻在我脑海中徘徊不去，我不禁叹了口气。

"嗯，也许还有些可能，但我必须得说，可能性实在不高。"林杰看出了些什么，安慰了一句。

"走吧。"梁应物说。

尽管我觉得林杰常常过于自傲，但有这么个刑侦专家参与，确实效率不一样。在离木屋二十米的地方，林杰说的那种痕迹

被找到了。不仅有折断的树枝，新长出的草，甚至还有些被踩得过多过重，到现在都没能重新长出草的地方，简直可以说是条走出来的小径了。

我想起了被关在木屋时，通过窗户望见的远处不名物体，似乎我们现在就正在向着它而去呢。

不需要走多远，那个"不名物体"就在面前了。

"是个蚂蚁养殖场。"我说。

和我那天瞧见的一样，用塑料板围成的一大片。但又有些不同，我见过的那个"三号蚁区"，塑料板一米六七的高度，但是这里足足四米有余，为避免塑料板受自重弯折，每隔四五米就有一根支撑铁杆。

这是不是意味着，我面前的蚁区要比"三号蚁区"重要许多？那些特贡的蚁粉，会不会就出自这儿？

不过更可能的是，这里面名为蚁场，实际上不知道在干些什么吓人的勾当。

我们现在待的地方，显然不是这片蚁区的正常出入口，却有扇门。或者说是方房门大小的缺口，但这个缺口被另一块相同材质的板给"补"上了。

林杰又在这里做了一次鲁米诺验血，门槛或者说缺口的下沿，验出了两小滴血迹。

"地狱之门。"林杰说，"准备好进去了吗？"

"怎么进？一脚踹开？"我问。

林杰用手轻推了一下，塑料板"哗啦啦"直响。如果真的踹一脚，那声响在这样的夜里，简直惊天动地。

他在补上去的塑料板各个角上都试过，发现被堵得很死，从外面没办法悄无声息地打开。

我们跟着林杰，沿着塑料围栏又走了一段，到了离山路更远的地方。然后他取出柄锯状刃的匕首，刃尖抵在塑料板上，用拳头一砸刀柄，匕首就插了进去。他来回拖动匕首，当然也免不了发出声响，但比起刚才的"哗啦啦"声，要轻许多。

二十分钟后，一个能容人匍匐进出的"狗洞"被锯开了。林杰打头，我第二，梁应物第三，进入了这片被"高墙"围起的神秘区域。

里面居然什么都没有。

应该说，有树有草，和外面一样，但没有人，没有特别的建筑物，没有我们期望或者恐惧见到的任何场景。

"不知是不是我的错觉，刚才我爬进来的时候，觉得这儿的泥土有股子血腥味。"我说。

"是你的错觉。"林杰说。

围着的地方很大，一眼望过去，看不见对面围起的塑料板。我们往深处走去，看看能发现什么。

其实是因为夜晚，即使我们戴上了夜视镜，视线也及不上白天好。这儿是挺大，但也没真大到望不到边，走出二十几步我们看清楚了全貌，算来这片地约莫有一个足球场大小。

"这里真的就只是蚂蚁养殖场？"我疑惑地说。

"应该是吧，刚才走过来，好些地方踩下去都挺松软的。"梁应物说。

我打了个冷战，想象着脚底下藏着上百万的蚂蚁，这感觉可真不好受。

林杰却是一愣，停了脚步，转头往回看。

我们两个也忙回头看，却什么都没看见。

"你在看什么？"我问。

"我在看地上，你们瞧，许多地方是不是有一个个凸起的小丘，那下面就是蚁巢。刚才走过来我也有感觉，有些地方踩下去很松软，但是，我肯定没有踩在蚁巢上过。可能是蚂蚁太多把巢穴边的土也挖松了，但也可能是……"

林杰顺着原路慢慢走回去，然后停在一个地方。

他用脚踩了几下，然后从背包里取出一柄小铲，"哧"地插进土里。

"但也可能是土曾被人为翻动过。"

我也看出端倪了，不仅最近的蚁巢在三米开外，而且这里的草明显比四周稀疏。

林杰开始往下挖，我拿出手电筒，照在他下铲的地方，好看得更清楚些。

没挖多久，大概是第六或第七铲的时候，一铲下去，还没拔起来，一股黑流涌了出来，四下蔓延，更分出一股，顺着铲

211

柄就往上爬。我的手电筒光照得清楚明白，全都是被惊动的蚂蚁，大蚂蚁。几乎每一只都比我的小指甲盖还长，比火柴棍还粗，黑中透红，这成百上千只地涌出来，让我背上立刻就起了鸡皮疙瘩。我可从来没见过这么壮实的蚂蚁。

如果蚂蚁的种群大，有时会在蚁巢的周围也修建地下通道，日久天长，蚂蚁会把地下经营得像一座地下城。刚才林杰的铲子肯定是打断了一条地下蚁道。

林杰"啪啪"地拍打着铲子，把爬上来的蚂蚁都抖落下去。我的腿上当然也免不了被它们侵袭，我一边跳脚，一边拿手去拍，忽地发觉手掌好几个地方都痛起来。

"该死的，这些蚂蚁咬人。"旁边梁应物说。

拍死咬我的几只大蚂蚁，却有更多的往我腿上爬，肯定有一些已经爬进了我的裤管里，火辣辣的痛。

这是什么蚂蚁？简直和恐怖片里法老墓中的食人甲虫一样可怕。眼见黑流还在往外涌，再待下去，不得把我啃光了？我急奔出几步，说："难道是食人蚁？快走快走。"

我们三个人都在大呼小叫，急切间，也再顾不得压低声音了。

"谁，谁在那儿？"远处有人在喊，然后响起吱呀声和塑料板抖动的哗哗声。原来这蚁场还是有人守夜的，可能刚才在正门外打着瞌睡，现在听见蚁场里有声响，连忙开门进来，拿手电筒四下乱照。

"快跑啊，你不要命啦。"我看林杰竟然还待在原地，又是

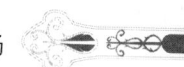

一铲挖下去。

"看，你们看。"他又奋力一铲。

我和梁应物只好硬着头皮再跑回去。而此时，守夜人的强力手电筒已经照在我们身上了。

是白骨。是人骨。他挖出了人骨。

林杰扔了铲子，跑到一边去拍打身上，说："拍张照片，然后跑。"

守夜人向我们跑过来，速度并不算很快，那是因为他在跑的同时，还在向步话机里报告情况。

我和梁应物一起取出各自的手机拍照存证，林杰挖出的部分是人的胸部，森森肋骨，此时爬满了黑红色的巨蚁，让人毛骨悚然。

拍张照片只是几秒钟的事，但此刻这几秒钟也够长的，拍完了守夜人离我们已经不到三十米。我咬着牙，弯腰探手抓起爬满了巨蚁的小铲，向守夜人扔去，然后转身就跑。

后面"哎呀"一声，让我知道自己扔中了。

我一边搓着手，把手上咬了不知多少口的那些蚂蚁弄死，一边飞快地往外逃。看到最前面的林杰正往我们的来路奔，连忙喊："别再钻狗洞了，没那时间，去被堵上的后门。"

林杰会意，改变了方向，往那扇我们先前没弄开的后门跑去。跑到近前，看见那门是被两个圆木桩子抵住的，三两下移开，再取下顶上的木挡，这方塑料板就倒了下来。

跑出蚁场前，我回头望了一眼，守夜人离我们已经在五十米外了。他不像我们戴着夜视镜，拿着个手电筒，在这样的黑夜里他跑起来顾虑许多，已经没可能再追上我们了。

他实际上也并没有努力在追赶，毕竟我们有三个人，他一个人，和我们真冲突起来，这眼前亏是吃定了的。

我放下心，继续跟着林杰跑，却听见背后一声惊呼。再次转头，却见到守夜人正跑到我们刚才挖坑的地方，看着那个坑发愣。

难道他并不知道那下面有白骨？

他最终没有跟着追上来，但我们并不轻松。几分钟后，整座山都亮了，那些原本为了省电灭着的山径路灯，都大放光明。不知道搜索的保安队什么时候会跟上来，我们得和他们抢时间。

只要安全出山，带着照片返回上海，这座山里的罪恶就会原原本本地被翻出来公之于众。这样的罪案，简直耸人听闻。

通常在小说或者电影里，这样的最后关头，肯定会面临满山遍野的大追捕，我们得干翻一打又一打的龙套，最后和一到两个大头领对决，获得胜利后才能够逃出蚁山。实际上，直到我们顺着原路跑出山，弯下腰撑着膝盖大口喘气的时候，都没见着半个追兵的人影。毕竟这里只是个生物科技公司的养殖基地，不是军事重地，保安人数不会太多，也未见得演练过类似情况，反应慢得很。可能在值夜的人打开全山的路灯时，大多

数保安都还在穿衣服呢。

还没离开险境，我们稍微休息了几分钟，又开始在田埂上跑。我们进山走的是小路，直连着山脚下的水稻田，而我们开来的车停在老汉家门前的空地上。

上车，发动，林杰驾驶，车子沿着山畔的柏油路飞驰。这时已经过了凌晨三点，这条路上只有我们一辆车，畅通无阻。开过智蚁科技山脚下的度假村时，我向那儿张望了一眼，正有几名保安往山上跑。这速度！

开过度假村不到八百米，迎面一辆蓝色马自达驶来，速度极快，柏油路却不够宽，为了不出事，他只有减速。贴着我们的边开过去的时候，我瞥见那驾驶员朝我们看。

我本没注意，过了片刻梁应物"咦"了一声，对林杰说看反光镜。

原来那辆马自达竟掉头追了上来。难道是智蚁科技的人？

我们开的是辆别克。论速度不如马自达，但在这样的柏油路上能开多快，还得看驾驶员的车技。

"林杰，你干什么？"我问。

原来林杰竟没有拼了命地踩油门好甩掉后车，而是保持原先的速度。这本也不慢，但现在却让马自达一点点地把距离拉近了。

"不能开得更快了吗？"梁应物问。

"他在后面不停地给我闪灯，如果单纯是追兵，不会有这种

闲工夫。倒像是有事想我们主动停下来，我就让他赶上来。"

正开到弯道，林杰转过去，看着后视镜里马自达减速过弯道后再加速，笑了笑说："他这车技，我随时都能甩开。"

"嘟嘟。"后面响了两声短喇叭，让我也认同了林杰。如果是追兵，会一直按住喇叭不放，不会这样"善意"的。

马自达慢慢逼近，最终和我们并驾齐驱。然而看到驾驶员的脸，我愣住了。

"是你？"

"你认识？"林杰和梁应物问。

"就是把我电昏的家伙，智蚁科技保卫处的保安崔强。但我现在有点怀疑，智蚁科技一个普通保安，都是开马自达的吗？"我说。

"也许他是富二代。"林杰耸耸肩，说了个冷笑话。

"停车，我们聊一聊。"崔强大声喊。

"怎么样？"林杰问我们。

"他只有一个人。"我说。

"听听他说什么。"梁应物说。

林杰把马自达往路边逼，然后慢慢减速。最后马自达贴着路边的行道树停了下来，而我们紧挨着它，停在路上。这样，如果我们要发动车，会比他快一些。

有意思的是，崔强居然不敢下车，只是坐在车里和我们说话。

"我们聊一聊，就这么聊一聊。我知道你，你是《晨星报》的记者那多。你们都是《晨星报》的记者？"

"把手放在我们能看得见的地方。"林杰说。

崔强听话地把两只手都放在方向盘上。

"怕他有枪。"林杰小声对我们解释。

梁应物笑了笑。

这个自大的家伙，我在心里说，这还需要他来向我们解释吗？但现在不是斗嘴的时候。

"那记者，我们是揣着明白装糊涂，把五万块钱放进你口袋，你还想怎么样，为什么再过来，你到底想要什么？"

"五万就想堵我的嘴，你把人命看得太不值钱了吧。"我说。

"什么人命？你别胡说。我们就是把你当成流浪汉抓过来试药，最多就是个非法拘禁，你不要乱说话。"崔强说。

我顿时明白，他是接到消息从城里匆匆赶来的，只知道我们进了那个地方，不知道我们在那儿发现了什么。

"我们挖到白骨了，而且拍了照片。"

崔强哑然无语，喉结蠕动了一下，估计嗓子眼儿又干又涩，脸色都变了。别把恶人想得太恐怖，他们比我们更害怕。

"你不叫崔强吧，你到底在智蚁科技里是什么职位？"我问。

"咳，你们也把手放在我能看见的地方，把手机电板拆了，不报警不录音，我们好好谈一谈。"他说。

"好。"

"这也不是什么秘密，我就叫崔强，智蚁科技保卫处主任。你们听我说，我们没有给社会造成什么危害，那些死掉的是这个社会的蛀虫，他们这辈子最大的贡献就是被我们的蚂蚁吃掉然后做成药。你吃过没有，我们送给你的蚂蚁粉，吃过你就会知道它的神奇……"

崔强强自镇定，结结巴巴地说着狗屁不通的谬论。就像行贿者在塞钱之前，非得说些冠冕堂皇的理由给自己涂脂抹粉。我敢打赌，他还是想用钱来摆平我们。只是我真的没耐心听这些废话，大声喝问："还有没有活下来的，被你们抓来的那些人，有还活着的吗？"

"你。只有你。"

这是个我已经猜到的答案，忽一听闻，还是觉得眼前一阵晕旋。这得多少条人命啊。

"十月的时候，你们是不是有一次绑人时被两个人看见了，他们开一辆白色的金杯面包车，这两个人呢？"

"和别人一样。妈的，果然是这两个招来的，换了地方还是逃不过。我说呢，只是那些要饭的怎么可能出事。"

我忽然感觉没了力气。我该怎么告诉张岩这个消息，我没办法想象她听见这个消息时会是怎样的表情。她的宝宝死了，只剩下白骨埋在一座满是蚂蚁的小山里。

公主和宝宝的故事，竟是一个如此残酷的结局。

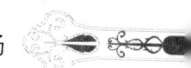

我傻在那里的时候，崔强开出一个每人七位数的天价，好封我们的嘴。或许这也是他的缓兵之计，把我们拖在这里。林杰及梁应物当然不吃他这一套，但依然和他周旋着，为了套出更多的内情。

"先告诉我们，这到底是怎么回事，我们得衡量衡量。"

崔强倒没有过多隐瞒，因为只要放我们离开这里，公安调查起来，终究什么都瞒不住。

那是游医生逃走后的第二天，是一切发生的源头。崔强当时还只是智蚁科技一名普通的保卫处员工，每天要巡山两次，早一次、晚一次。早晨六点三十分，他走到二号养蚁场旁，赫然发现，塑料围栏有一小片倒伏在地上，像是有什么猛兽闯入一般。但是小山里又能有什么猛兽？

当时的二号养蚁场，围场的塑料板就和我曾经看见的三号养蚁场一样高，要是加固成今天的样子，怕是只有棕熊才闯得进去，也就没有后来那么多事情了。

崔强小心翼翼地从缺口进入养蚁场，见到了改变他命运的场景。

一个隆起的蚁堆。密密麻麻的蚂蚁蠕动着，形成一个黑色的长条形小丘。他大着胆子走近，才看见，蚂蚁在吃一个死人。

裘均一打出放养杂食牌，隔三岔五地，也会弄些死猪肉来喂蚂蚁，但崔强从来没有想到，蚂蚁竟然会吃人。

崔强也有点小心机，他跳过部门主管，直接把事情报告给

裘均一。当时裘均一对崔强说，除非公安来查，否则就是父母小孩老婆都不能说，然后把他提成了副主任。这事要是曝光出去太难听了，蚂蚁把一个人吃了，回头产品还怎么卖呀，对公司形象是极大的打击。

没过几天，负责二号蚁场的养蚁员报告说，不知道蚁场的蚂蚁怎么搞的，一天长得比一天大，像是变了种一样，而且危险性很大，咬人。但与之相伴的消息是，这些蚂蚁制成的蚁粉，效果好到让人难以相信。

裘均一想来想去，所有的蚁场喂养方式都是统一的，怎么偏偏二号蚁场有了这样的变化，不得不让人想到几天前那件被压下去的事情。他找崔强谈话，问他二号蚁场蚂蚁变异，原因会不会就是吃了人。

崔强对养蚂蚁一窍不通，他自然明白，老板找自己来谈这个，并不是真的和自己探讨怎么养蚂蚁。裘均一是乡村科技员出身，养蚂蚁更讲感觉、讲"常识"，而不是科学，所以才会信奉用肉喂大的蚂蚁养生效果好。在民间，关于人肉本就有着许多的传闻，比如当年鲁迅的小说《药》中，主人公就相信沾了人心头血的馒头能治肺痨，这并不是鲁迅凭空杜撰出来的。所以当从表面上看，蚂蚁吃过人肉成为唯一的变量时，他很容易就相信了，人肉喂养真的会有神奇效果。但这个结论太耸人听闻，他不能说，得别人说出来。

所以崔强就说了。

裘均一很满意，问崔强，有没有办法从太平间或者火葬场搞点尸体来。但那种地方，家属都看得很紧，崔强哪里有能耐干这种事情。眼看着裘均一脸色阴沉下来，一心想要再往上升一升的崔强，给他出了另外一个主意。

大城市的流浪汉，关心他们的人，可比关心火葬场的死者的人要少得多，向他们下手，要安全得多。

昆山的流浪汉数量不能和大城市比，他们也不想在家门口下手，就把主意打到了上海。上海浦西的大多数地方，即便是深更半夜，也会有路人经过，而且探头密布，所以他们选择了浦东。平均每个星期，他们至少需要一个人，从 2007 年至今，遇害者已经达到三位数。

"真是荒谬，你们真的相信，这种变异是吃人引起的吗？"梁应物说。

"二号场出的蚁粉，效果是明摆着的，如果不是人肉，那还能是什么原因？"

"真是愚昧，从前死人一直是土葬，腐烂了也会有蚂蚁吃，怎么没见过这样的变异。这根本就和吃人肉没有关系。你们就没有在其他养蚁场试过吗，其实就只有这二号场里的蚂蚁变异了，其他场吃什么都没有用，对吧？"

"每个星期一个人，哪有多余的给其他场实验，只要二号场能一直保持就行。咳，人肉有没有用，反正老板相信就行，我只是底下干活的。"

这时我终于回过神来，流浪汉失踪之谜已经解开，但是太岁的去向依然存疑，蚁粉会有这样的效果，与其说是吃了人，倒不如说是吃了太岁更靠谱些。但真的会是这样吗，二号场的第一个死者就是游医生，而太岁也一并被蚂蚁吃了，没有转附到其他什么的身上吗？

想到这些，我忍不住问："当年你看见蚂蚁在吃一个死人时，除了尸体你还看见其他什么了吗？有没有死去的野兽之类的，或者任何其他的特异情况？"

"尸体？我根本就没看见什么尸体，出大门往左，三岔口不到，全是一层又一层的蚂蚁，等蚂蚁吃完了，尸体也只剩下白骨了，至于其他……"

林杰突然一声大吼，把崔强打断："你的左手，你的左手呢？"

我这才意识到，他不知什么时候悄悄把左手放了下去。

崔强忙把左手拿上来，说："痒，挠挠腿，别紧张。"

"他在打电话，把我们的位置都说了。想瞒老子，做梦。"林杰一踩油门，车子猛蹿出去。

崔强大骂着驱车赶上来，这两辆车的最高时速都差不多，但马自达加速快，林杰把油门踩到底，后面的轰鸣声还是越来越近。

林杰一踩刹车一打方向盘，车屁股一摆重重撞在马自达左前侧，那车顿时失控，打了个三百六十度的圈，撞在路边的树上。

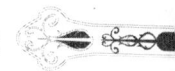

　　林杰嘿嘿一笑，说："这点破心眼儿，再加上破车技，还来跟我耍。那多，你现在就报本地110，我给郭栋打电话，看这事到底是他的特事处管还是刑警管。我们双管齐下，这案子啊，破啦。"

第十一章

狂花

Chapter 11

烟灰缸里挤满了烟屁股。

我狠狠地把指间的烟吸完最后一口，塞进烟缸，看了眼手机里的新短信。

"真没想到会这样。"我说。

林杰吐了口浓烟，他的脸在烟雾后呈青灰色。

"我也没想到会这样。"他说。

这是我们从昆山返回后的第三天。

什么都没有发生。

大批刑警冲进蚁山，全山封锁，二号蚁场下挖出白骨，裘均一和崔强被铐走，全国媒体聚集昆山，网络热议，国外媒体关注……所有这些都没有发生。

特事处表示这事由刑警处理，上海刑警总队表示需要昆山警方配合，昆山警方表示没有确切证据，一切还在调查中。

梁应物叹了口气，说："我们想得太简单了，裘均一的神奇

蚁粉，给他铺了张很大的保护网啊，谁都不愿意轻易动他。"

林杰气得把半截烟直接摁进烟缸，骂道："是啊，那玩意儿就和人参果似的，谁不想年轻几岁，谁不想多活几年？妈的，要我说崔强就不该绑什么流浪汉，直接把这些家伙打包喂蚂蚁多好。"

"也许再等几天？你不是说，昆山警方派了刑警到智蚁科技调查情况了吗？"其实这话说得连我自己都不信。

果然，林杰直愣愣地瞪着我，说："再等几天？再等几天黄花菜都凉了，要不是我是局里的人，你是知名记者，梁应物也身份特殊，可能现在被调查的就是我们而不是智蚁科技了。"

他呼呼地喘了几口粗气，让自己平静一些，又说："案子是我们捅出来的，不可能不查，但什么时候查，怎么查就有讲究了。拖拖拖，拖到线索都被毁干净了，他们就能过了这一关。"

"这我看倒未必。"梁应物说，"这件事情的参与者主要就是裘均一和崔强，可能还有其他几个人，他们人手有限。二号蚁场下埋了上百具白骨，现在这样的关键时期，许多人都盯着，他们还要处理好那晚看见白骨的守夜人，哪儿来的时间和机会把白骨挖出来烧掉或运走。"

"就在这几天。"林杰说。

"什么？"我不懂。

"从今天开始，智蚁科技在蚁山的绝大多数员工放长假，说是因为不实举报致使员工人心惶惶，为稳定情绪，等到警方调

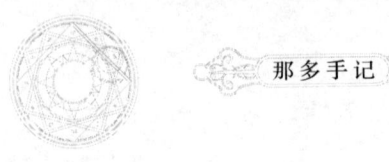

查有了结果之后再复工。"

我一下子站起来，说："不行，我们不能就这样眼看着他们把证据销毁，我要再进山，你们谁和我一起去？"

林杰摇头："怎么进山？进不去了。现在肯定看得贼紧，谁要是敢硬闯，他们就能名正言顺地报警把你带走。"

"办法是人想的，在这里干等有什么用。梁应物你这里能有什么办法不？"

"我这里也需要时间，至少要有三四天，我才能搞定进山查证的事情。"

林杰的手机这时候响起来，他看了眼号码，对我们说："处里的电话。"然后接起来。

"特事处？"我问。

林杰摇摇头，是他现在工作的宣传处。我有点失望，如果是特事处打来电话，没准有转机。

是宣传处的领导给林杰派活来了，普陀区真如镇刚刚发生了一宗劫持婴儿事件，正巧一辆电视直播车就在附近，立刻跟上去采访，变成了新闻台少见的即时直播节目，新浪等其他媒体也在跟进，警方在媒体的密切关注下展开解救行动。现在行动正在进行中，林杰是负责平面媒体联络的，他得及时跟进，关注此事件，了解上海的各大报纸将以什么口径发新闻。

"这种时候还来添乱。"林杰抱怨着，但还是打开电视调到新闻台。

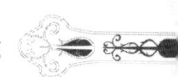

后方记者正在事发现场采访目击者，从记者的口述到目击者的回顾，我们很快就搞清楚了这是怎么回事。

当时被抢婴儿的爷爷正推着婴儿车逛街，忽然一辆车停在他面前，跳下来一个女的，一下子就抢过四个月大的孩子跳上车跑了。女劫匪手里有刀，威胁他别跟过来，所以他只能眼睁睁地看着孩子被抢走。

当时这位爷爷向四周的车辆求助，希望能有车跟上去，正巧路边有辆新闻台的直播车，载上他就追了上去。

然后镜头切到前方，画面抖动，这是在直播车里，一个中年男子一脸紧张，双眼直瞪着前方不说话。下方字幕打出男人的名字：刘春水。

我这时正双手抱胸在屋子里转圈，想着如果硬闯行不通，还能有什么办法可以迅速把这件事曝光出来。实在不行，就雇人四处网上发帖，我就等着他们来告我诽谤。

正琢磨着，就看见电视里刘春水的名字。

"刘春水？"我疑惑地说。

"怎么了，这人你认识？"梁应物问。

"张岩的公公，刘小兵的爸爸就叫这个名字。男人叫春水的不多，但是……该是巧合吧，刘小兵是独子，张岩并没有小孩啊。"我盯着这人的脸看，不知怎的，却觉得他的相貌和照片中的刘小兵有几分相似。

直播车正跟在劫犯的桑塔纳后面，同时跟着的还有警车。

记者介绍，因为刘春水极力要求保证孩子的安全，而劫犯手中持有利器，所以警方没有采取激烈行动。

目前劫犯已经把车开上了沪宁高速公路，在收费站撞飞了ETC口的横杆。鉴于此情况，警方已经沿途通知了各收费口，开辟特别通道，不再试途阻挡，等待劫匪自己停车。

现在已经开出了上海，在高速上一路往北，也不知终点会在江苏境内，还是其他省。

画面又切到警方，称现在就看劫犯什么时候加油，那会是第一次接触的机会。

突然间，画面再次转播，有新的情况发生，前面的桑塔纳从昆山出口下了。

"昆山！"我们三个一起叫出来。

这是巧合吗？

"我问问张岩去。"我说着就要发短信给张岩，拿起手机，上面有三条未读短信，其中一条就是张岩发来的。

只有六个字。

"我去了，祝福我。"

"天哪。"我说。那劫匪莫不就是张岩？

"聪明。"林杰重重一拍大腿，"怪不得她昨天逼着我画了张蚁山的地图给她。"

警方没有确凿证据，迟迟不能进入蚁山，如果他们是为了别的什么原因进入呢，比如追击逃犯……

在我们因为种种原因捆住手脚的时候，她却破釜沉舟，要以一己之力，抓住杀害丈夫的凶手。匹夫一怒，可以血溅五步，任何时候只要敢豁出一切，只为一个目的，那么许多东西就无法再成为束缚。

哪里有什么被抢的孩子，多半只是一个洋娃娃而已。公媳两个人早就抱成了团，面对着媒体和警察唱了一出双簧，算准了在这样的紧急时刻，许多事情只能听"受害人"说，没办法核实清楚。而且直播车多么金贵，哪里那么巧路边就停着一辆，多半是刘春水运作的结果，出笔钱借个名义，让直播车在特定的时间出现在了特定的地点。

张岩是要带着警察和媒体硬闯蚁山啊。如果她真的能够走到那些白骨的面前，那么裘均一就是有通天的能耐，都没办法把这一切掩盖下去。

而我们现在无法帮她什么，只能在电视机前为她祝福。

新闻节目不停地在直播车内、警方和后方记者及台内主持人之间切换，昆山警方已经和上海警方协同起来，狙击手正在紧急调往前方，警方承诺，在保证不伤害婴儿的情况下，神枪手会寻找一切机会开枪击毙罪犯。好在台内请来的嘉宾专家称，因为婴儿特别脆弱，除非罪犯大意给了狙击手特别好的机会，否则一般是不会开枪的。

一切正如我们所预料的，桑塔纳笔直地开进了蚁山脚下的度假村，沿山道一路向上。门口的保安根本拦不住，车加着油

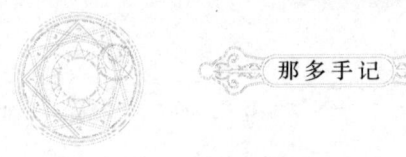

门对着他们冲过来，他们吓出一身冷汗，只好跳开。

警车和直播车跟着就开了进来，警方紧急和智蚁科技协调，要求他们配合，不要制造麻烦，现在婴儿的安全最要紧。

沿着山路向上，开不了多久，就到了必须下车拾级而上的地方。车停下来，好一会儿没动静。直播车和警车停在三十米外，摄像机正对着桑塔纳的驾驶员车门。

门开了，我们三个伸长了脖子，目不转睛地盯着屏幕。

镜头只拍到一半侧脸，翘鼻头和嘴角抿着的弧线。

张岩，就是张岩，果然是张岩！

她抱着被褥褓包裹严实的"婴儿"，左手持着明亮的尖刀，背上背着个麻袋，看形状，里面是个长条状物体。后方开始猜测麻袋里的东西，有猜土枪的，有猜铁棍的，但我们三个都知道，那里面只能是一样东西——铲子。

智蚁科技的绝大多数员工今天都休息，留下的知情者也没有看穿张岩的真正意图，以为这是个神志不清、歇斯底里的婴儿绑架者，交给警方处理就可以，给她让出了上山的道路。

张岩抱着"孩子"急步上山，警方的谈判专家跟在她身后，用喇叭试着和她沟通。张岩一言不发，没有一句回应，只是向前，向前，向前。当然，张岩根本就不知道身后有人在和她说话，因为她从未回头，唇语也就无从读起了。

镜头跟着一路向上，许多观众打电话进来"献计献策"。有人说，如果她一直不回头，是不是让特警悄悄接近，一举将

她制服。

实际上，警方已经在有意识地拉近距离，打前锋的两名警察离张岩不到二十米。

这时已经到了半山腰，前面是个白亭子，我曾经到过这里。

张岩走进亭子，忽然回头看了一眼，大声喊："五十米，和我保持五十米。"然后她示威性地挥了挥尖刀。

警察和记者只好停下来。

她这才继续往前走，并不时地回头。

"会不会已经有人从两边的林子里潜到她前面去了？"我问林杰。

林杰摇摇头："如果要从林子里向她发动袭击的话，很难不发出声响，毕竟刑警不是特种兵。她劫持了个婴儿人质，在她表现出强烈的情绪不稳定和攻击倾向前，警方是不会这么做的。"

"幸好他们不知道张岩听不见声音。"梁应物说。

"咦，糟糕。"林杰忽然大呼不好。

"她走过了。"

"什么走过了？"

"她本来应该在前一个岔道口左转的，她走错路了。"

幸好这个时候，张岩也发现了不对。她停下来，似乎做了个整理襁褓的动作，然后转过身。

"后退。"她大声呼喊，然后开始往回走，直到找到正确

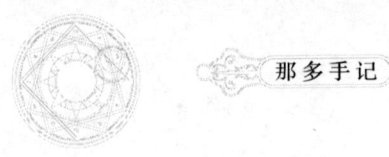

的路。

"她是在找路吗？她是在找路吗？"主持人说，"她不是漫无目的地走，她要去某个地方。这座山是智蚁科技的蚂蚁养殖基地，她究竟想去什么地方？这条路通向哪里？前方记者有没有办法联系一下智蚁科技的有关人员。另外，我们注意到，从进山以来，没有听见婴儿大声哭闹，他的生命状况到底怎么样，还好吗，警方是否有必要送一个奶瓶上去？"

"哎呀，这样一来，也许崔强他们会警觉。"我说。

就和刚才张岩走错路时我们束手无策一样，这是场她一个人的战斗，我们谁都插不上手。

十分钟后，直播镜头里已经出现了二号蚁场那四米高的塑料围板。五六个智蚁科技的保安，紧贴着入口大门站着，紧张地看着张岩。

"让他们走！"张岩大声喊。

于是警方开始用高音喇叭对这几个人喊话，要求他们退到五十米外。

这几个人骚动了一阵，却沉默着并不离开。

张岩亮了亮刀子，叫："快退开，否则我不客气了。"

跟在直播记者后面的刘春水急得大叫："快退开呀，这是干什么，别刺激她呀，保住孩子要紧，这些人在干什么，为什么不退开？"

警察再次向他们喊话，但是没有用，这几个保安就是不退。

"不知道发生了什么情况，这几名智蚁科技的员工拒绝离开，现场僵持着，气氛越来越紧张。警方正在试着联系智蚁科技的高层。"前方记者解说道。

但是我们都明白，张岩也明白，面前的这几个人是不会退开的，哪怕她抱着的是个真的婴儿，哪怕她真的把刀插进婴儿的胸膛，他们都不会退。

所以张岩只能绕。她走进树林，绕着围板走。

那几名保安分了一个人守着正门，另外四个人跟了上来。

"这是什么情况？看上去，像是劫匪想要进入围墙后面的地方，而这几名智蚁科技的员工则试图阻止。这情况太诡异了，为什么？"主持人在直播间里问，没人能回答他这个问题。

张岩停下来，站了一会儿，竟然向后面的警察求助，要求他们派警力控制住这几名保安，把他们带离视线。

这属于挟天子以令诸侯，警方只好照办，派了五名警察，在张岩的示意下绕了个大圈，把五名保安带走，并没有发生冲突，这种情况下暴力抗拒，是毫无意义的。

直播间里评论说，相信暂时劫匪不会伤害婴儿，因为她现在表现出的行为，似乎另有目的。

阻碍已经清除，我紧张地双手握拳，紧紧盯着电视机屏幕，看张岩下一步的动作。

她走回到紧闭的塑料门附近，慢慢蹲下，把怀里的婴儿襁褓放在地上。

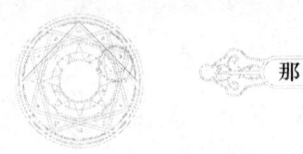

"她这是要干什么？"前方记者和直播间里的主持人一起叫起来。

张岩一只手伸到背后，从麻袋里把铲子取出，一手铲，一手刀，向后退了一步，再退了一步，然后一扬手，把尖刀远远抛开。

"她把孩子放了！"主持人激动地大喊。

三名特警立刻冲过来抢孩子。

张岩则转过身，双手握着铲子，向塑料门猛冲过去。

直播镜头本来对着地上的襁褓，现在转向了张岩。她侧肩撞在门上，那门居然没有上锁，她使岔了力气，一个趔趄。

一棍打空！

就在张岩身形不稳，差点跌倒的时候，一根铁棍从她身旁砸下。如果她正常推门进去，这根铁棍就会正中她脑门。

这个时候，警察离襁褓还有十几米远。

张岩拔腿就跑，持棍者在后面追。

"劫匪遭到袭击，这究竟是想要抓住罪犯的见义勇为，还是其中另有隐情？"前方记者一边跑上前，一边对着话筒说。

"假的，假的！"抱起襁褓的警察大声说，他伸手把一个洋娃娃从里面拿出来，举过头顶晃了晃。

"这真是柳暗花明又一村，"情况转变之快，让直播间里的主持人口不择言，"她什么时候调的包，是在桑塔纳里吗？"直到现在，还是没人能立刻反应过来，这整个就是场骗局。

"不对，"现场嘉宾提醒主持人，"警方肯定检查过那辆车，如果小孩在里面早就发现了。"

"也许事态发展太快，警方还没有来得及检查车辆。她完全没必要这么做，除非她就是个精神病人。现在孩子爷爷是什么反应？"主持人说。

可是前方镜头还对着蚁场内的追逐，根本顾不上刘春水。

"现在我们看到，里面两个人一追一逃，哦，等等，里面有第三个人，是个上了年纪的老人。摄像，给他一个镜头。噢，他好像是，好像是裘均一，智蚁科技的董事长裘均一。他为什么会出现在这里？在这场劫持事件中，还有多少事情是我们不知道的？"

裘均一呆站在一角，一动不动。他们还没开始毁尸灭迹，否则现在就能看到被挖出来的累累白骨了。

而穷凶极恶地追着张岩的那个，不是崔强又是谁。

张岩发了疯似的跑着，崔强竟没办法追上。跑出近百米后，张岩忽然折返，用力踩了踩脚下的土，然后一铲铲下。

铲子还没拔出来，崔强就赶到了，又是一棍。

张岩侧了侧头，棍子砸在她左肩上。

这么狠的一棍，她的肩胛骨肯定碎了。

她咬着牙一声不吭，把铲子拔出来，又一铲下去。

第二棍击在她后脑上。

她的黑发被激荡得飞舞飘扬，缠在铁棍上，无力地垂落

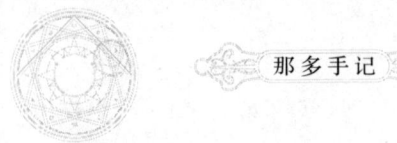

下去。

镜头正对着她，正对着这触目惊心的时刻。张岩身子摇晃了一下，手死死握着铲柄，白得惊人，没了半点血色，硬是没倒下去。

铁棍再次举起来，沾着几缕染血的发丝，卷着恶风落下。

第三棍，第四棍，第五棍，然后崔强被赶上来的特警扑倒。

铲子直直地插在土里，插得很深很深。因为张岩全身的重量都压在铲柄上，她没有松开铲子，那是她的希望所在，更胜过她自己的生命。她如一片孤叶，这根细弱的铲子顶在她掌心，支在她胸前，她的头垂着，短短的波波头盖不住她的面颊，几道血顺着发际线流下来，污了她的脸。

她才挖下两铲，什么都没有挖出来。

她再也没有继续挖的力气了，再也不会有。

她是否已与埋在这片土壤里的宝宝相会了？

我闭上了眼睛，再睁开的时候，看到梁应物在流泪，我也是。

电视里在说着些什么，已经听不太清楚了。

林杰红着眼，拨通了一个电话。

"强子，我是林杰，别挂，我知道你在出任务，我看着电视呢。我告诉你，那女的下铲子的地方，你给我铲下去，狠狠地铲下去。我没开玩笑，你他妈的铲两下又死不掉，不铲你会后悔的，绝对。快点，别拖了！"

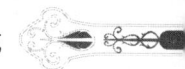

　　电视画面里，一个特警从后面跑上来，就是刚才带走保安的五名警察中的一个。张岩已经被抬走，铁铲还直直地立在那儿。他伸手拔起铲子。

　　"你干什么？"正被带走的崔强看见了，大声喊，然后奋力挣扎起来。

　　强子看了他一眼，紧了紧手中的铲子，奋力铲了下去。

尾声

　　我紧握着何夕的手，站在张岩的墓前，看铝盆中的报纸慢慢化为灰烬。那上面有裘均一、崔强入狱的报道，望她在地下安心。

　　出事那天，她随身带着一份遗书。即便没有崔强的袭击，她也不打算活着回来，挖出地下的白骨后，她计划当场自尽。

　　公主是因宝宝而存在的。

　　遗书很简单，对身后事，她要求和刘小兵合葬，在墓碑上写"宝宝，公主，生死相依"。

　　我凝望着这行字。

　　这世间有多少白首夫妻，又有几人能真正生死相依。

后记

　　我总是避免回想这段经历，因为有太多情绪沉淀其中。

　　但确实还有一些事情没有说出来，那就是这一切究竟是怎么发生的。

　　张岩和刘小兵的悲剧源自裘均一愚昧的人肉喂养蚂蚁计划，但蚂蚁变异是事实，蚁粉效果好也是事实，如果不是人肉造成的，会是什么原因呢？

　　我下面要说的这些全都只是猜测。但我想这并没有关系，因为我们本就是靠着猜测来一点一点地认识这个奇妙的世界的。

　　对蚁粉的检测表明，其中主要是高浓度的蛋白质。但是蛋白质和蛋白质之间区别巨大，这种蚁粉的蛋白质类型不仅和其他蚁粉大不一样，而且其中核糖体、核酸等的排列也是前所未见的，更含有几种很罕见的酶，甚至还有一种此前从未发现过的病毒变体。在对白鼠的生物实验里，吃了蚁粉的小白鼠免疫力和神经反应速度明显提高，生命周期也大大延长。

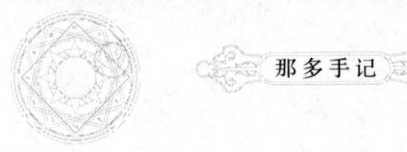

整个二号蚁场的蚁群是突变后的新种类，但这个新种类的基因并不稳定，正在逐步退化中。下一代的突变蚁体能、寿命等各方面都要比上一代弱二至三个百分点，制成蚁粉的药效也随之略有衰退。

所有迹象都表明，当初蚁群的基因变化，绝不是自然造成的。

只能是太岁。

根据何夕的推测，脑太岁附体游医生后，对自身的能量几乎完全失控。这种情况下，它失去了自保的能力。

失去自保能力意味着什么，对此，何夕有一个别出心裁又有点道理的理论。

在这个世界上，任何东西，只有发展壮大到突破临界点，才能长久存在，否则都是易朽的。

一个普通的火堆，能量在燃烧中不断地消耗，很快就会熄灭。但如果能量聚集到一定程度，如太阳一样的恒星，尽管每时每刻都释放出巨大能量，但却可以存在百亿年，那几乎就是永远了。甚至如果能量可以比太阳的再大千万倍，则又突破新的临界点，将在燃尽后质变成黑洞，具有连光线都无法逃脱的力量，继续存在下去。

一个宗教，在成长到临界点之前，随时都会被扑灭，湮灭在历史中。一旦强盛到突破临界点，其延续的时间将十倍、百倍于其他宗教，延续千年。

一个企业，在真正强大前的一段时间是最难度过的，就像块香喷喷的肥肉，最容易被对手击倒或者吞并。但是如果能度过这段时间再做突破，在大的经济环境没有变化的前提下，将没有谁能撼动其地位。从这个意义上说，智蚁科技也是在突破临界点前倒下的一个例子。

所以没有盛极而衰，只有还不够强盛。

在古时的许多野史志怪传说里，千年人参、万年灵芝之类的仙草或者说因为不明原因突变形成的生物能量聚合体出世时，总是面临被吃掉的结果。小说中往往形容为一股异香，极度诱惑着周围的飞禽走兽。实际上，那是对旺盛生命能量的本能渴求。会遭此"大劫"的原因，是这些突变生物虽然有巨大的生物能，但并没有突破临界点，处于最容易衰退失败的时期。

一般而言，太岁不在此列。太岁体内蕴含的能量之庞大，突破了那个界限，这就有了"自保"的能力，可以长久存在下去。

但是脑太岁能量失控后，终于跌落到了临界点下，顿时成为所有生物眼中的"香饽饽"。

可以想象，游医生在进入蚁山后，遭遇了各种生物的疯狂袭击，但灵丹妙药可不是那么好吃的，哪怕只从脑太岁身上撕下一点点碎屑，那些黄鼠狼、猫头鹰之流也无福消受，一个个就像那些炼金丹不成的修士一样，爆体而亡。

直到脑太岁控制着那具行尸走肉，黑夜中跌跌撞撞闯进了

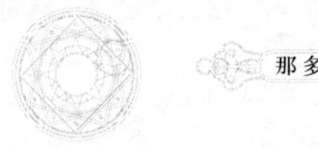

二号蚁场。

在生物中，就个体力量而言，昆虫是最强的，而在昆虫中，则少有比蚂蚁更强壮的了。

蚂蚁可以举起超过 400 倍自身体重的东西，拖动超过 1700 倍自身体重的东西，甚至 10 只蚂蚁团结合作，可以拖动 5000 倍于自身体重的东西。这相当于 10 个体重 70 公斤的人搬运 3500 吨的重物。与此同时，蚂蚁的寿命却出奇地长，公蚂蚁可以活七年，蚁后能活十几年或几十年。

优良的身体素质，让蚂蚁在面对太岁这块香饽饽时，"牙口"很好。

尽管如此，我后来从狱中的崔强处了解到，最初的吃人事件发生后，二号蚁场的蚂蚁数量锐减。也就是说，连蚂蚁也撑爆了许多，也许第一批把脑太岁吃光的蚂蚁，全都死了，啃食蚁尸的第二批甚至第三、四批蚂蚁，才存活下来。

就像核爆后，对周围环境和居民的影响要几十年才会消除一样。脑太岁死在二号蚁场，整个蚁场的生态都受到了极大改变，大量植物死亡，几个月后新的植物疯长，逼得崔强要定时派人清理。地下腐烂的植物根茎、死去的动物和昆虫、哪怕是泥土，都富含了适合生物吸收的能量。所以在这片土地上生长的蚂蚁，一代又一代都具备神奇的药效。

无关吃人，一切都因为脑太岁。从这个意义上说，脑太岁自己死了，又间接害死了上百人。

梁应物却不同意，他说不能把人类自己的丑恶算在脑太岁头上，尽管脑太岁也杀了不少人。

那一天，我、梁应物、何夕聚在一起，谈起智蚁科技的恶行。梁应物叹息着说："能毁灭人类的只有人类啊。"

何夕却冷冷地说："你发挥过头了，这个世界上，能毁灭人类的东西，太多太多。"

图书在版编目（CIP）数据

亡者低语 / 那多著 . -- 北京：北京联合出版公司，
2020.6（2021.7 重印）

　ISBN 978-7-5596-4106-9

　Ⅰ.①亡… Ⅱ.①那… Ⅲ.①长篇小说—中国—当代
Ⅳ.① I247.5

中国版本图书馆 CIP 数据核字（2020）第 055548 号

亡者低语

作　　者：那　多
责任编辑：李　红　徐　樟
出版监制：柯利明　吴　铭
总 策 划：张应娜
特约编辑：李沙沙　赵艳林
营销推广：陈　慧
封面设计：辰星书装

北京联合出版公司出版
（北京市西城区德外大街 83 号楼 9 层　100088）
三河市双升印务有限公司印刷　新华书店经销
字数 159 千字　880 毫米 ×1230 毫米　1/32　8 印张
2020 年 6 月第 1 版　2021 年 7 月第 2 次印刷
ISBN 978-7-5596-4106-9
定价：42.00 元